ラルーナ文庫

仁義なき嫁　新妻編

高月紅葉

JN225285

三交社

CONTENTS

Illustration

桜井レイコ

仁義なき嫁　新妻編

本作品はフィクションです。
実際の人物・団体・事件などにはいっさい関係ありません。

その日は、朝から忙しくなった。

二間しかない長屋とはいえ、生活道具はそれなりにある。

前日に荷造りを済ませ、朝から始まった引っ越しが午後も続いているのは、軽トラックでさえ家の前に横付けることができないからだ。

長屋二棟が向かい合い、袋小路になっている上に、植木や荷物で道幅も狭くなっている。

入ったが最後、出るのは難しい。

重い簞笥《たんす》を人力で通りまで出すのに苦労して、ようやく軽トラックが一往復目に出発する。長屋に残った佐和紀《さわき》と松浦《まつうら》は、『こおろぎ組』の看板がかかった玄関先で段ボールに腰かけた。こおろぎ組組長の松浦とは、親子ほども年が違う。

「これはおまえの荷物だ」

約三ヶ月前に脳梗塞《のうこうそく》で倒れた松浦は、至れり尽くせりの病院生活のおかげか、身体《からだ》の不自由さも改善されて、麻痺《まひ》が残ると宣告された当時に比べれば見違えるほど回復した。医者も驚くスピードだったが、まだ半身を思うようには扱えず、引っ越しも監督係に徹していた。

結婚してから和服だけで毎日を過ごしている佐和紀も、手伝おうとすると舎弟が飛んできて仕事を取ってしまうので、木綿の着物の袖にたすきをかけた姿で暇を持て余しながら指示だけ出している。

落ち着きのある栗色に染めた髪を揺らして、松浦の声に反応して振り向いた。

血色の良い顔は不自由なく暮らしている証拠だ。女と見まがうほどの繊細な美貌《びぼう》は、かつてのように趣味の悪い私服に貶《おとし》められることもなく、深窓の麗人と言えなくもない風情を醸している。

「なんですか」

差し出されたハードカバーの本を受け取り、指で持っていたタバコをくちびるに挟んだ。

松浦が組長を務める『こおろぎ組』に残された唯一の組員として、佐和紀が組の存続のために、上部組織である大滝《おおたき》組若頭補佐のもとに嫁入りしたのは二ヶ月前のことだった。

男である佐和紀に白羽の矢が立ったのは、跡目争いを避けるための茶番を仕掛けようとしていた若頭補佐の岩下周平《いわしたしゅうへい》が、見目の良い男を探していたからだ。

独身だった周平は、若頭を差し置いて自分を跡目争いに担ぎ上げようとする幹部たちに、男と祝言をあげることで、神輿《みこし》になれる器でもなければ、その気もないことを示そうとした。そんな馬鹿げた結婚を大滝組長は認め、結果として周平が跡目争いに参加できる可能性は皆無になった。

それと同時に、『こおろぎ組の狂犬』と呼ばれていた佐和紀も、『大滝組若頭補佐の嫁』

と呼ばれるようになったのだ。

佐和紀が忠誠を誓ったこおろぎ組には人が戻り、晴れて新事務所の場所も決定して、松浦は今日から新宅へ移る。

とはいえ、こおろぎ組は昔からこのあたり一帯をシマにしているから、新事務所は車で五分、新宅に至っては長屋から歩いて十分の距離だ。

「アルバムだ」

引っ越し日和《びより》の春めいた日差しの下で、松浦が答える。

「聡子《さとこ》がおまえのために作ってたのを思い出したんだ。本当なら、嫁に出す前に渡すべきだったが、しかたないだろう。病院にカンヅメだったからな。持っていけ」

聡子は松浦の亡くなった妻だ。さっぱりとした性格の面倒見のいい女性だった。

タバコをくちびるに挟んだ佐和紀は、細い黒フレームの眼鏡《めがね》を人差し指で押し上げ、手にしたハードカバーの小さなアルバムを開いた。

いきなり、もう記憶にもないような若い頃の自分が目に飛び込んできて、思わず視線をそらして苦笑いする。

「懐かしいだろう」

横から覗《のぞ》き込んできた松浦が、写真を指差した。

「おまえが組に入って、初めてみんなで撮った写真だ」

昔の事務所の前で、いかつい顔の男たちがずらりと肩を並べている。

そこに写っている組員の半分は死に体のこおろぎ組を捨てて大滝組へ移ったのだが、佐和紀の結婚をきっかけにしてこの二ヶ月で組に戻っていた。無理に戻されたのではない。大滝組の若頭と若頭補佐からのバックアップがあると知って、古巣へ帰ることを自分たちで選んだという話だ。

真実だろう。みんな、松浦を敬愛していた。しかし、時代の流れに乗れないこおろぎ組に限界があったことも事実だ。だから、写真に収まっている残りの男たちに至っては、ヤクザ稼業からすっかり足を洗った人間もいるし、どこへ行ってしまったのか噂《うわさ》さえ聞こえない人間もいる。

佐和紀には覚えのない顔もちらほら写っていた。

「まだ十八だったな」

松浦がしみじみと言った。佐和紀は美しい横顔で静かにうつむき、タバコを地面に落として足で揉《も》み消した。

十八だった。十六歳になったとき、世話になっていた知り合いとの縁が切れ、土地を変えてからも男ながらにホステスを続けていた佐和紀は、店に偶然に遊びに来ていた松浦と知り合った。

あれが人生の転機だったと、佐和紀は思う。

写真に残る姿は、ひどくすさんだ目をしている。それが他の組員たちをおかしくさせるほど魅惑的だったのだが、佐和紀にそんな自覚はない。今も昔もだ。あの頃の自分の哀しさというものを思い出すと、胸の奥がしくしくと痛む気がした。

それは思い出したくないという感情ではなく、ただ、かわいそうだった頃の自分に同情するだけの感傷に過ぎない。

頼る人間も、生きる気力もなかった。チンピラと組んで美人局《つつもたせ》で小銭を稼いでも、大半は巻き上げられて佐和紀にはほとんど実入りがなく、そんなもんかとクラブで客に高い酒をせびった。

そちらの方がよっぽど金になったぐらいだ。

写真の枚数は少なかったが、聡子が亡くなるまでの二年間のスナップが貼《は》られ、聡子のクセのない文字で日付とコメントが書き込んである。

「こんなものを作って、どうするつもりだったんですかね」

眼鏡のブリッジを薬指で押し上げて佐和紀は笑った。

「おまえが所帯を持つときの荷物に入れるんだって、あいつは笑ってたけどな」

「岡崎《おかざき》まで写ってるし」

「そりゃ、写るだろう」

今度は松浦が笑った。岡崎もこおろぎ組から出て大滝組に入った一人だが、大滝組長の娘と結婚して、今では大滝組若頭を務めている。佐和紀の元兄貴分であり、今は夫の兄貴分に当たる。

「こんな日に手伝いにも来ないし」

不満を口にすると、松浦は顔をくしゃくしゃにして苦笑いを浮かべた。

「来るわけがない。大滝組の若頭だぞ。こんなちっぽけな組の引っ越しに来る方がおかしいんだ。……あっちが例外なんだよ」

「あぁ……」

松浦の視線をたどった佐和紀は、低く声を漏らした。

路地で遊ぶ子どもたちの向こうに、軽トラックが停《と》まった。荷台から三人の舎弟が飛び降りて小走りにやってくる。子どもたちがおもしろがってまとわりついた。

その後ろで、『例外』が運転席のドアを開けて、長い足で土の上に着地した。

長身だ。腰高ですらりとしているが薄く筋肉のついた身体は、広い肩幅との均整が取れている。いつもは後ろへ撫《な》でつけている髪も今日はラフに崩して、インディゴブルーのジーンズに濃い緑のシャツを着ていた。

大滝組若頭補佐・岩下周平だ。トレードマークの眼鏡も休日仕様で、レンズの下にだけ薄い紫のフレームのついた遊び心のあるタイプだが、それでも怜悧《れいり》な印象を際立たせていた。厚い胸板でシャツを着こなす姿はエリート会社員の休日のようで、極道のトップ間近の男には見えない。色の濃いシャツの下に、泣く子も黙る唐獅子牡丹《からじしぼたん》が控えているとは、誰《だれ》にも想像できないだろう。

「姐《あね》さん、あとはこれだけですか？」

駆け寄ってきた三井《みつい》が無邪気に尋ねてくる。肩にかかる髪は、邪魔にならないようにひとまとめに結んであった。

「あと、部屋に三つ。それで終わり」

答える佐和紀の目の前で、三井の後頭部を張り倒したのは、金髪の石垣《いしがき》だ。

「だから！　ここで、そう呼ぶなって言ってんだろ。脳みそにシワ入ってんのか？」

「脳みそは入ってる！」

痛みに頭を抱えた三井が仲間を睨《にら》みつける。

「お兄ちゃん、おねぇちゃんになったのぉ？」

向かいに住んでいる五歳の少女が首を傾《かし》げながら、無邪気な瞳《ひとみ》で佐和紀の膝《ひざ》に寄ってきた。

「そういうあだ名になったんだ」

頭を撫でながら答えると、別の少年が飛び出してくる。

「あねさん女房のあねさんだな！」

ズレたことを自信満々に口にした直後でにやりと笑った。

「俺は、そういうの気にしないタイプ！　早く戻ってきて、俺の嫁になれよな」

物心ついたときから佐和紀を口説いている少年の頭に、大きな手のひらがぽんっと乗った。

「それは、無理だ」

周平が隣にしゃがみ込んで、人の悪い笑みを浮かべる。

「佐和紀は俺の嫁になったんだ」

「嫌だ！」

少年は間髪入れずに叫んだ。怖いもの知らずに周平を睨みつけると、すがるような目を佐和紀に向けてくる。

「こんなおっさんより、若い俺の方がショウライセイがあっていいよ」

「意味わかって言ってるのか？」

苦笑いした周平は、手のひらで少年の髪をぐちゃぐちゃにかき混ぜた。

「じゃあ、俺が死んだら、そのときに口説きに来い」

「いつ死ぬ？　明日？」

「そんなにあっさり殺すな」

周平と松浦が声をあげて笑い、佐和紀もつられて肩を揺すった。

舎弟たちはキビキビと働いて、段ボールを次々に荷台へと積んでいく。それほど数はないが、重いものが入っているので重労働だ。

「この人は大滝組の若頭補佐だぞ」

松浦が立ち上がりながら言う。佐和紀も立ち上がると、椅子《いす》代わりにしていた段ボールはすぐに運ばれていく。

「おまえも大滝組は知ってるだろう。偉いんだぞ」

松浦の言葉に、少年はまっすぐな瞳で周平を値踏みすると、腕組みをしながら胸をそらした。

「組長になるの？」

たまたま通りかかった舎弟の岡村《おかむら》がぎょっとした顔で足を止める。周平が答えた。

「ならないなぁ。兄貴分が上にいるからな」

「なんだ！　じゃあ、偉くないよ」

真実をズバリと言い切る子どもは母親に呼ばれ、佐和紀を気にしながら駆けていく。

「恐ろしいな」

岡村もぼやきながら離れた。

幹部たちから次期組長候補に推されていた周平は、表情を変えずに少年を見送る。それも、佐和紀と結婚するまでは、の話だ。二人を引き合わせたのはこおろぎ組を捨てて出世した岡崎で、周平は初夜の瞬間まで相手を知らずに佐和紀を嫁にした。

「こんな組の引っ越しにご足労いただいて、本当にすみませんな」

本日、何度目かの言葉を松浦が口にする。周平は笑って返した。

「いいんですよ。佐和紀の実家ですから」

さっきまでは、働き手は多い方がいいと繰り返していたのに、佐和紀の足に摑《つか》まっている少女を気にもせず、今日初めての本音を口にして佐和紀のうなじをそっと撫でた。

糸くずでも取るような仕草に顔を向けると、微笑《ほほえ》んだ目と視線が絡む。

「行くか。荷解きもするんだろう」

周平に言われ、松浦がいることを忘れて見つめ合った恥ずかしさに、佐和紀はせわしなく髪を搔《か》き上げた。

「あ、おばちゃんが呼んでるよ！」

足元の少女が袖を引きながら指を差す。離れた場所から、隣に住んでいる奥さんが手招きをしていた。佐和紀が近づくと、奥さんはニコニコと笑いながら祝儀袋を差し出してくる。

「佐和紀ちゃん、結婚したんだってね。言ってくれればよかったのに。これ、長屋のみんなからのお祝い」

瞬時に、左手薬指にはめた指輪を隠して、佐和紀は戸惑った。結婚とはいっても、相手は男だ。

女よりも綺麗《きれい》な顔のせいで女性陣からは『佐和紀ちゃん』と呼ばれているが、身も心もれっきとした男だと、長屋のみんなが知っている。

「組長から聞いたんですか？」

「そうよ。松浦さんが倒れてから、あんたを見かけないのは病院で付き添っているからだと思ったのよ。そうしたら、出ていったんだって松浦さんが言うじゃないの。どれだけ心配したか！　入院費のためにあんたが身売りでもしたんじゃないか、お金がないなら相談してくれればいいのにって、みんながどんなにやきもきしたか知れないわよ」

まくしたてる奥さんの目が潤んだ。

結婚してすぐに周平とケンカになって、行き場もなく長屋へ逃げ帰ったときにも顔を合わせたが、あのときはまだ松浦の付き添いをしていると思っていたのだろう。

「組長も、ちゃんと説明してくれればいいのに……。すみません。いらない心配をおかけして」

まるで自分の子どものことのように結婚を喜んでくれている奥さんを相手に、今までも身売り同然の行為で組を支えてきたとは、口が裂けても言えない。もちろん、言う必要もない。

頭を下げる佐和紀の肩を肉のついた柔らかな手が叩《たた》いた。

「何を言ってるのよ！　水臭いわね。話はね、早合点したのがいたのよ。うちの人だけどね」

笑いながら、祝儀袋を強引に押しつけてくる。

「遠慮はしないのよ。みんなの気持ちなんだから」

「でも」

佐和紀は顔をしかめた。松浦はどこまで説明したのだろう。まさか、男と結婚したとは言えないはずだ。何かと気にかけてくれた人を欺くようで、佐和紀は困り果てた。

「受け取れよ、佐和紀。断るのは相手に失礼だ」

声が横から割って入ってくる。顔をあげると、にこやかな営業スマイルを顔に貼りつけて、インテリヤクザが礼儀正しく会釈をするところだった。

「ありがたくいただいておきます。みなさんにもよろしくお伝えください」

おばちゃんの目が周平の顔に釘付《くぎづ》けになっている。自分が夫であることを隠そうともしない態度に言葉も出ない佐和紀は、何か言い訳をと思い、また戸惑う。

「あぁ、そうなの。そういうことなのね」

うつむく佐和紀と周平を見比べたおばちゃんの声が陽気に弾んだ。

やはり組長は真実を話していなかったのだ。そして、今、バレた。

「前にも一度、お会いしていますね」

周平が言った。

「あのときは、取り込んでいてロクな挨拶《あいさつ》もできずに、失礼しました。こちらでは佐和紀が大変お世話になっていたようで、改めてお礼を申し上げます」

「あらあら、いいのよ、いいのよ。……それで、お相手のことは話に出てこなかったのね」

佐和紀はいっそういたたまれなくなって、背中を丸めるように首をすくめた。

ゲイだと思われることが恥ずかしいのか、惚《ほ》れた相手といるところをまじまじと見られているのが恥ずかしいのか、もうどちらなのかわからない。

「いいえ、私が佐和紀さんを見初めて、無理に入籍を迫りましたので、松浦組長には思うところがおありだったんでしょう」

周平は大人だ。身の置き場を失くした佐和紀のための、小さな嘘《うそ》が詰まることなく流れ出る。

「あら、そうなの。でも……」

ちらりと視線をあげると、満面の笑みを浮かべたおばちゃんと目が合った。

「よかったじゃないの、佐和紀ちゃん。あんたの相手が女じゃなくて、安心したわ！」

「え？」

「あんたぐらい綺麗な顔をしてたら、女相手じゃすぐに破局するわよ。男なら、なかなか離れられないわね。それに、大滝組の若頭補佐がお相手なら玉の輿《こし》じゃないの」

「それは、女の人なら、そうかもしれないけど」

「こんな貧乏長屋にいるより、いいのよ。まだあんたは若いし、常識にとらわれることないわよ。だいたい、その顔が規格外なんだから」

大きな笑い声を立てながら、格子柄の木綿着物を身につけた佐和紀の肩を撫でる。

「こおろぎ組がここからなくなるのはさびしいけど、あんたが幸せならそれでいいのよ。たまには顔を見せなさいよ。羊羹《ようかん》を持って、ね」

「はい」

佐和紀は素直にうなずいた。

寒い夜にはショウガ湯を差し入れてくれ、おかずを作りすぎたと言ってはお裾分《すそわ》けをしてくれた。風邪《かぜ》をひいていないかといつも声をかけてくれたし、暑い夏の夜はみんなで夕涼みしながらスイカを食べた。

この長屋自体がひとつの家族のようだったと、今になって佐和紀はしみじみと感じる。それはかりそめだったかも知れない。しかし、佐和紀には居場所だった。

「もう知っていらっしゃるとは思いますけど、この子は本当に気立ての良い子ですから、どうぞかわいがってやってくださいね」

「いや、あの……」

叫びだしたいのをぐっとこらえて、佐和紀は隣の奥さんを止めようとしたが、周平に手で制止されて口をつぐむ。

「佐和紀さんのこれからは、私がしっかり面倒を見ますので、みなさんにもご心配なさらないようにお伝えください。今まで苦労してきた分、幸せにしますから」

祝儀袋を片手に持った周平に手を握られ、佐和紀は硬直した。

こんなことは想定外だ。

佐和紀を置き去りにして楽しそうに笑顔を交わす二人に、立ち尽くしたまま放心した佐和紀は別世界に飛ぶ。もう、恥ずかしすぎて、何もかもがどうでもいい。

「どうした、佐和紀」

松浦に挨拶をしてくると言った奥さんがその場を離れ、周平は人の悪い笑みを浮かべて顔を覗き込んできた。いつもの周平がそこにいる。

「インテリヤクザは怖い。ほんと、怖いな」

「誰のことだ、それは」

「あんた以外に誰がいるんだよ」

睨みつけると、それさえ楽しそうに受け止めて周平は笑った。

「本当のことしか言ってないよ。まぁ、結婚の理由はちょっと嘘ついたけどな」

「それは、しかたないよ」

握られた手を振りほどくでもなく、佐和紀はぼんやりと空を見上げた。

人からゲイだと思われることより、惚れた相手といてヤニ下がっている自分を想像するより、もっと恥ずかしいのは、今この瞬間でさえ、触れ合っている肌を離したくないと思っていることだ。

「気立てのいい佐和紀ちゃん。新しい方の実家に行って、引っ越しそば、食べようか」

からかってくる周平の手を振りほどく。

「ここに未練があるか？」

そっぽを向いた佐和紀に優しい声がかけられる。振り返らずに、頭を左右に振った。まったくないと言えば嘘だ。ここでの生活は貧しかったが、大人たちからは大切にされ、子どもたちには慕われて、誰もが優しくて楽しかった。

けれど、戻りたいとはもう思わない。新しく手に入れた場所も、悪くはないからだ。

「ご祝儀、いくら入ってるんだろう」

佐和紀はふと気になって周平を振り返った。

「みんな、無理して入れたんじゃないかな」

「これに金をいくらか足して、長屋の屋根を直せばいいだろう。お祝い返しにな」

「あぁ……。それ、いいな」

明るい笑顔を返してうなずいた。

佐和紀の住んでいた部屋もそうだったように、どの家も程度に違いはあるが、激しい雨や長雨になると天井から雨漏りがする。

大家に言えば、修理と引き換えに家賃が上がる可能性があり、住人たちはその場しのぎの応急処置をしていた。屋根を直せば、みんな喜ぶだろう。

「佐和紀」

周平が真面目《まじめ》な声で呼んでくる。

ご祝儀の有益な使い道に晴れ晴れとした気持ちになった佐和紀が笑いながら振り返ると、

「キスしてもいいか」

今にもかぶりついてきそうな顔で言われる。

周平の気持ちが、佐和紀にもよくわかった。おそらく、同じことを考えている。

二人は男同士だが、縁があって籍を同じくした。それを真正面から受け入れて、祝福してもらえる喜びは得がたいものだ。

佐和紀はにやりと笑う。

「死ねよ、おまえ」

チンピラの口調で言って、くるりと背を向けた。

＊＊＊

「ドラマで見たからって、新婚旅行の行き先に熱海《あたみ》を希望する嫁ってどうよ？」

駅前をぶらぶら歩きながら、缶コーヒー片手の三井がへらへら笑った。

男にしておくのは惜しいような柳腰に帯を引っかける和服姿の佐和紀を挟んで、茶髪を肩まで伸ばした三井と金髪を短く刈り込んだ石垣が歩くと、向かってくる通行人は自然と道を空ける。

「だいたい、あのドラマはいまいちだった。全然、ハダカ出てこないし」

「その割には笑って見てただろ」

佐和紀が言うと、三井は思い出して笑った。

「文芸作品って割に、昼メロみたいな展開だろ？　笑うって！」

「ハダカしか興味ないくせに……。あのあたりの展開は、オリジナルだし、必要ないだろ」

くどくどと文句を垂れた石垣は、ため息で気持ちを切り替える。

「でも、姐さん。熱海はいいですよ。魚がうまいです。ソープもあるし」

「そこを一緒にするなよ」

「あー、夜はそこに行こう、俺」

コーヒーを一口飲んだ三井の足取りが軽くなる。

延び延びになっていた新婚旅行の日取りが今週末に決まったのは、先週のことだ。

ここのところ、周平は仕事にかかりきりで、佐和紀付きに指名されているもう一人の舎弟・岡村も手伝いに忙しい。その代わりに、なのか、たまに用事で抜けるものの、三井と石垣は基本的に毎日、佐和紀を退屈させまいと付き添っていた。

「ちょうど桜が咲きそうですね」

石垣が街路樹の新緑を見ながら言い、視線の先を眺めた佐和紀は相槌《あいづち》を打つ。

日陰の風はまだ冷たいが、日差しが明るくなって心地がいい季節だ。

「俺も、熱海は久しぶり。前に付き合ってた女と行ったんだけど、金色夜叉《こんじきやしゃ》の像なんて見たことないな」

三井の言葉に、石垣が眉《まゆ》をひそめる。

「『貫一《かんいち》お宮《みや》の像』だよ。おまえの言ってるのだと、夜叉の像みたいだろ」

「違うのか？」

「おまえも、一緒にドラマ見たよな？　夜叉が出てきたか？　金色だったか？」

「あれ？　出てこなかったっけ」

「どうやら、おまえだけが違うものを見てたみたいだな」

じゃれ合う二人が、ふいに足を止めた。

「あれ……、何してんだ？」

三井が言うと、石垣もいぶかしげに目を細めた。

道の端で人が争っている。髪を明るく染めた女の子二人が、今にも飛びかかりそうな勢いで怒鳴り合っていた。

「あー、あれは『ゴールドラッシュ』の子だな」

石垣が口にする。『ゴールドラッシュ』は大滝組が管理しているキャバクラのひとつで、規模はかなり大きい。その分、女の子同士のいざこざも尽きなかった。

「みっともないなぁ」

ぼやく三井と石垣に仲裁へ行くよう促して、佐和紀は手近な店を指差した。

「そこの店を見てるから」

「すぐ済ませます」

二人が離れていくのを見送って、佐和紀は指定したメンズファッションの店に足を向ける。その肩を誰かが摑んだ。思わず鋭い目つきになって振り返るのは、チンピラの習性だ。

見ず知らずの人間に、無遠慮に触られたくない。

「あんたが新条《しんじょう》佐和紀？」

覗き込むようにして顔を見てくる目には敵意があった。投げかけられる問いかけにも視線にも、まるで遠慮がない。高校生にしか見えないが、おそらく大学生だろう。見目の良い童顔の男は、鼻で笑って肩を摑んだ手を離した。

「あんたが周平の嫁なんだろ？」

吐き捨てるような言葉に、佐和紀は憮然《ぶぜん》とした。

かわいい顔をして、育ちは良さそうだが、ハスっぱな印象がある。周平を平気で呼び捨てにする口調に慣れがあるせいだ。それが一番、佐和紀には違和感があった。

「噂に聞いてたより、全然たいしたことないね。着物で取り繕ってるらしいけど、あんた、チンピラだろ？」

蔑《さげす》むような目を向けられて、怒りを通り越した佐和紀は啞然《あぜん》とした。

「周平とは釣り合ってないね」

ケンカを売られていると気づいたが、返す言葉は何もなかった。

「あんた、聞いてんの？　耳、ついてるよね？」

「え？」

「バッカじゃないの。周平が情人《いろ》と手を切って回ってるみたいだけど、僕は他のやつらとは違うから。覚えててよね。それに、あんたの方が、僕よりも後だよ」

「何の話だよ」

佐和紀はぼんやりと尋ねた。

業を煮やした少年がコンクリートの上で足踏みをする。柑橘《かんきつ》系のコロンの香りが爽《さわ》やかに漂った。

「僕の方が周平とは長いんだよ。あんたが、抱かれた回数よりね、ずっとずっと多いって言ってんだよ。妻だかなんだか知らないけど、僕は周平にとって特別だから、捨てられることなんてないからね。そこんとこ、はっきり言っておこうと思って」

「……」

ついっと目を細めて、佐和紀は目の前の小賢《こざか》しい子どもを見た。一瞬たじろいだ少年は、ふんっとあごをそらして胸を張る。精一杯の虚勢の中に、佐和紀にはない自信がみなぎっていた。

周平との付き合いが長いというのは本当だろう。佐和紀はまだ知り合ってたったの二ヶ月だ。毎晩、同じ布団で寝ていても、繋《つな》がった回数は数える必要もないほど少ない。

胸の奥を刺す感情に、いっそう無表情になる。

周平の好みは、美少年と美女だ。佐和紀が女なら後者に当てはまるが、男だから周平の好みからはずれている。その点、目の前の少年はストライクゾーンの真ん中だろう。

「後から来て、あんまりでしゃばらないでよね。周平は男なら僕みたいなかわいいのが好みなんだよ。あんた、違うでしょ？　まぁ、ついてるもの取って、ないものをつければ、いいかも知れないけど」

思っていたことをズバリと言われ、佐和紀は何か言い返そうと口を開きかけたまま黙った。美少年は満足そうに微笑むと、舎弟の二人が戻ってくる前に踵《きびす》を返す。じゃあねと軽く手をあげて去っていく。佐和紀は一人残されて、瞬《まばた》きを繰り返した。

胸の奥にもやもやとしたものが急速に溜《た》まっていく。

トラブルを解決して戻ってきた三井と石垣に、どうかしたのかと尋ねられても、本当のことは言えなかった。こんなこと言えるはずがない。

佐和紀はすっきりしない心を持て余したまま、数日を過ごすことになった。

表面上はいつものように振舞ったが、一人になると、投げつけられた言葉のひとつひとつが胸に突き刺さり、手の先まで冷たくなる。たった一泊の旅行のために忙しく働いている周平と顔さえ合わさない日が続いたことも原因のひとつだ。しかし、それよりももっと大きな問題が佐和紀にはあった。

「戻ってたんだ？」

旅行の前日。眠る支度を終えて居間を覗くと、周平はソファーで書類を読んでいた。

「なんか、飲むもの作ろうか。お酒？」

「あぁ、赤ワインがそこにあるだろう。グラスで頼む」

「忙しそうだな」

ワイングラスを持って近づく。周平は書類から目をあげるわずかな時間さえ惜しいのか、手だけを差し出してくる。グラスを渡した佐和紀は、一人分の距離を開けて隣に座った。

「明日、俺は遅れて合流するから、四人で先に熱海に入っていてくれ」

新婚旅行に三人の舎弟を連れていくと言い出したのは佐和紀だ。先に行くことに不満はないが、ちらりとも顔をあげないのが気に食わなかった。

「毎晩、夜遅くまで仕事？」

「ん？」

ようやく視線が向けられる。

「どういう意味だ」

書類を読み疲れた目が、眼鏡のレンズの向こうで細くなる。佐和紀はすぐには答えられずに黙り込んだ。初めて身体を繋いだ夜、他のやつらとも続けるつもりならセックスはこれきりにすると言った佐和紀に、もう他のやつとはしないと周平は答えた。

けれど、あの少年の口ぶりからすると、二人はまだ続いているとも思える。

それが嘘か本当か、周平に聞こうと思ってやめた。周平は絶対に、佐和紀だけだと言うに決まっている。それが嘘でも平気で口にするのを見たくない。

「どうして、そんなに離れてるんだ。こっちへ来いよ」

何も知らず、周平が笑う。佐和紀は立ち上がった。

「寝る。おやすみ」

「佐和紀」

グラスと書類をテーブルに置いた周平が、扉へ向かっていた佐和紀の腕を掴んだ。

「拗《す》ねてるのか」

穏やかな笑い声に、強がって顔をしかめた。おまえの情人にケンカを売られて落ち込んでいるとは、とても言えない。

「もう少し、ここにいろよ」

抱き寄せられて素直に身を任せた。

キスして欲しい。身体に触れて欲しい。それから、繋がりたい。

願望と欲望はないまぜになって佐和紀を苦しめる。誘うことさえできないのは、周平が手を出してこないからだ。

結婚して二ヶ月。挿入されたのは三回だけだ。

ときどきお互いのものを触りあうことはあったが、周平は挿入まで行こうとはしない。

佐和紀にも誘わせない雰囲気をわざと作っていて、口にしようとするとさりげなく距離を置かれた。そんなことが続いていたから、周平の情人の出現は佐和紀にとって重たい現実だ。

あの少年を抱いているから、佐和紀を抱けないのか。それとも、あの少年で満足しているから、佐和紀とセックスする必要もないのか。考えれば考えるほど、悪い方にしか想像できなくなる。

「寝るんだよ、俺は」

頬《ほお》を寄せると気持ちのいい胸を、両手で押し返した。

「佐和紀」

あごを掴まれる。眼鏡のレンズ越しに視線を向けるのと同時にくちびるが重なり、柔らかな舌が一瞬だけ絡んで離れた。

追いかけそうになる身体を押し留《とど》められ、耳元にささやかれる。

「明日は久しぶりに、ゆっくりかわいがってやるよ」

身体はそれを想像して、無防備に震えた。睨みつけた自分の目が潤んでいるのではないかと、ふいに怖くなってうつむく。

夜遅くまで外にいて、浮気でもしてるのではないかと疑っている自分が、浅ましくて嫌になる。だけれど、それも口にはできなかった。

「おまえとの時間のために、こんなに働いてるんだからな」

周平の指が名残惜しそうに何度も頬に触れてくる。その温かさに、よからぬスイッチが入ってしまいそうで、佐和紀はくちびるをそっと噛《か》んだ。

まるでセックスを覚えたてのガキみたいだ。しかし、それが事実だった。

たった二ヶ月前まで、佐和紀の身体は男も女も知らなかった。手でイかせたり、イかされたりはしていたが、それはセックスではない。あの夜、周平に抱かれて佐和紀はつくづく実感した。求める相手から与えられる快感の深さは、一度味わえば、もう他のことなんて考えられない。

周平が初めての男だからなおさらだった。色事師も裸足《はだし》で逃げ出すほど情事慣れした周平には、すっかりバレているはずだ。ガラにもなく、俺のことを好きかと聞きたくなって、佐和紀は目を伏せた。周平が寄せてくるくちびるに自分からキスをして、首に腕をまわす。

「あぁ……、おまえを抱きたいな」

腰を抱き寄せた周平がキスの合間につぶやいて、苦い表情で顔をしかめた。心の声が疲れのあまり、口から勝手に飛び出たと言いたげだ。

佐和紀は何も言わずに肩に頬を寄せる。

胸に広がるもやもやとしたものが、少しだけ軽くなった気がしていた。

＊＊＊

旅行の当日は快晴になった。

後から車で追いかけてくるという周平を横浜に残して、佐和紀と舎弟三人は早々に出発した。熱海までは高速道路を使って二時間かからない。ドライブとしては最適の距離だ。

岡村の愛するレクサスのスポーツセダンを、ここぞとばかりにアクセルを踏み込んで運転する三井が、カーステレオに合わせて浮かれた歌声を張り上げる。

後部座席で佐和紀の隣に座る石垣が、両手で耳をふさいだ。

「うるっさいよ。誰もおまえの歌声なんか期待してないんだから、やめろ」

「この高速での安定感たまんねー」

石垣のお小言に慣れている三井は、ハンドルを握りしめて上機嫌に笑う。

「スピード出すのはいいけど、事故と違反には気をつけろよ。めんどくさいから」

助手席の岡村は、車を大切にしている割に、三井の荒い運転にも寛容だ。そもそも、三人の舎弟の中で一番年上で落ち着きがあり、周平からは右腕として重宝されているだけあって、騒がしくじゃれ合う石垣と三井のことは文字通り弟のようにあしらっている。

岡村がいなければ、二人はリードのない犬だ。佐和紀と合わせてチンピラ三人が揃《そろ》えば、悪さしかしないと周平は予測していたのだろう。

「姐さんは、免許、取らないんですか」

助手席から声がかかる。

「四人も運転手がいるんじゃ、取っても意味ないだろ」

「アニキも含みですか」

石垣が隣で笑った。

「って、周平が言うんだ」

「姐さんが免許取ったら、家出の距離が伸びそうだからだろ」

三井の言葉に、残りの二人が意味ありげに笑うのが佐和紀の癇《かん》に障る。家出をしたのは、結婚してすぐの一度きり。悪かったのは周平の方だ。佐和紀が責められる謂《いわ》れはないのだが、雨の中、町中を探し回ってくれた苦労を思うと文句は顔にも出せなかった。

窓の外を流れる景色に目を向ける。箱根《はこね》に入る手前で高速を降り、車は一路、海沿いへ進路を取った。快晴の青空を映した春の海は穏やかに青い。日差しを反射させて、白く輝く波頭が水平線まで続いていた。沿岸の岩場には釣り人が集まり、ボートも出ている。

絶好の行楽日和だが、まだ道は混んでいない。佐和紀は窓を開けて、潮風を吸い込んだ。横浜の港とは違う匂《にお》いがして、髪を乱す風の強さに窓をすぐ閉めた。

「熱海、近いなー。もう着くんじゃね？」

運転席の三井がハンドルを叩き、助手席の岡村がナビの画面を指差した。

「まだ早いから、もっと先の城ヶ崎《じょうがさき》海岸まで行くからな。予定通り」

「はいはい。わかってますよ」

運転もしやすいのだろうが、乗り心地も最高の高級車だ。スポーツセダンタイプでやや後部座席は狭いが不快ではない。佐和紀はあくびをひとつ漏らした。

窓の外も眺めたいが、山肌の花を淡く色づかせる春の陽気に眠気を誘われる。シートに背中を預けて、ぼんやりと外を見ているうちにまぶたが下りてきて、抗《あらが》いがたい心地よさに従った。

眠ったのか、起きているのか、よくわからない半覚醒《はんかくせい》の耳に、石垣の声が届く。

「シンさん、なんだって、アニキはそんなに忙しくなってんの？　例会があるったって、アニキが出張るほどのものじゃないだろ」

シンさんというのは岡村のことだ。岡村慎一郎《しんいちろう》だから、シン。年下の石垣や三井は敬称をつけているが、佐和紀や周平は呼び捨てにしている。

「あぁ、それな。……ユウキがごねてんだよ。結婚が気に入らないんだろ」

岡村が苦笑いを浮かべた声で答える。

世話係として引き合わされてから二ヶ月。一緒にいる時間が増えるに従って、佐和紀もそれぞれを下の名前で呼ぶことが増えた。石垣保《たもつ》はタモツ。三井敬志《たかし》はタカシだ。

佐和紀はうとうとしながら、ユウキと呼ばれる舎弟を思い出そうとしたが記憶の中にはいない。

「なんだよ、それ。関係ないだろ」

三井のぼやきに続いて、岡村が言った。

「ストライキしてるんだ。あいつの担当は特殊だろ？　だから、アニキも切るに切れなくて、今、いろいろ調整してるとこ」

「でも、今日は口実だろ」

石垣が言う。『口実』というよからぬ響きに、佐和紀の眠気がすっと引く。目は開けずに眠った振りをして聞き耳を立てた。

「仮にも新婚旅行だし、アニキなら絶対に予定なんて入れない」

「まぁな」

岡村が笑っている。

「そういうことなんだ、やっぱり」

石垣の返答に、どういうことだと、佐和紀は目を開いた。石垣は視線に気づかず話し続ける。

「優しすぎるっていうか、本当に惚れてんだなぁ」

「だけど、俺たち四人で泊まりがけの旅行に出すのはイヤだっていう惚れ方な」

「別に、何もしないのに」

「そりゃあ、俺とタモツには理性も教養もあるけどな」

「あぁ、そうだ。一人、バカがいる」

「しねぇよ。姐さん、こえーもん」

そのバカが鼻歌混じりに答える。石垣が突っ込んだ。

「アニキじゃねぇのかよ」

「おまえは本当にバカだから、そのうち、鼻ぐらい折られても、小指の一本ぐらいなくなってもいいとか思うようになるんだろうな」

岡村が笑って続けると、

「いくら俺でもそれはない」

三井が断言した。本人が寝ていると思って、言いたい放題の舎弟たちだ。

起きていてもたいして気を使うわけではないが。

「そうだよなー」

石垣が身を乗り出して、運転席の三井の髪を引っ張った。

「姐さんに口を利いてもらえなくなるのが、一番、イヤなんだもんな」

「子どもかよ、おまえ」

「うるさいな、二人とも。運転してんだよ、運転！」

叫ぶ声が動揺している。

「なんで？」

佐和紀は腕組みをしたまま、ぼそりと言った。

三井がギャーッと叫んで急ブレーキを踏む。石垣がすかさず佐和紀の前に腕を出して、身体を支える。後続の一台が派手なクラクションを鳴らした。ちょうど熱海の市内を抜けていたところで、展望スペースに車を入れるとクラクションを鳴らした車もついてくる。

「うっせーよ」

叫んだ三井は舌打ちした。

「姐さん、大丈夫ですか？」

「首を痛めてませんか」

石垣と岡村は冷静だ。後ろの車がぶつかったわけではないし、少し乱暴に頭が前後に振られただけだ。

「ってか、三井はもうダメだ」

「俺が運転します」

佐和紀に答えた岡村は、車の外から聞こえる怒鳴り声に顔を向けた。ヤンキー二人が、降りてこいと吠《ほ》えている。

後部座席のUVガラスで中が見えにくいせいか、ほとんど改造していない国産高級車を舐《な》めているのだろう。確かに、見ようによっては、助手席に座る岡村は物静かな顔立ちのサラリーマンで、運転席の三井は定職につかないダメなニートだ。後部座席も見えていたなら、彼らはもっと調子づいたに違いない。金髪にしても育ちの良さが隠せない石垣と、女よりも綺麗な佐和紀では、侮るなという方が難しい。

四人の中で見た目がチンピラなのは三井だが、内面が計れたなら最も優男に見える佐和紀が一番のチンピラだ。伊達《だて》に『こおろぎ組の狂犬』の異名をつけられたわけではない。

「女か……」

後ろの車を振り返った石垣がため息をついた。

バカな男に、バカな女だ。車の脇《わき》に立って、男たちを止めるでもなく携帯電話をいじりながらニヤニヤと笑い合っている。男の一人がしきりとドアのそばで威嚇《いかく》し、もう一人は車が逃げないように立ちはだかっていた。

「我慢しろよ、タカシ。姐さんがいるからな」

岡村が三井の腕を摑む。

「わーってるよ。けど、どうすんの？」

うんざりした声でわかってると言った三井はハンドルに身体を預ける。

「轢《ひ》けばいい。死なねぇよ」

佐和紀の言葉に、石垣が苦笑した。

「またそんな、無茶なことを……。やめてくださいよ、タカシはバカなんですから」

「俺のバカと姐さんのバカは同じぐらいだよ」

三井がぼやく。

「俺が謝りに行くか」

周平に次いで、社会人としての表の顔を演じられる岡村がため息をついた。

そのときだ。威嚇していた男が車のドアを強く蹴《け》りつけた。

「シ、シンさん。こらえて！」

慌てて石垣がシャツを摑んだが、青白い顔になった岡村は無言でシートベルトをはずした。

「俺の、全財産……」

ぼそりとつぶやいてドアを開けた。

「そうだったのか」

佐和紀は妙に感心してしまい、石垣からそういう問題じゃないとあきれられる。

「止めないと。タカシ、おまえは乗ってろ。余計にこじれる」

静かに怒りながら男たちに詰め寄る岡村を、石垣が慌てて止めにいく。佐和紀は車の中から眺めた。

「シンも怒るんだな」

「この車、こう見えて、一千万超えてんだよ」

「あ？」

三井の言葉が右から左に流れ出た。

「一千万円、だよ」

「は？」

「すごく高いんだよ、すごく」

「あぁ、それは怒るよな」

「わかってねぇだろ」

三井が笑う通りだ。そんな単位の金額は、佐和紀の辞書にはない。百万だって目玉が飛び出る。

外から、男たちの怒鳴る声が聞こえてきた。危ないじゃないか、女がケガしたらどうする、土下座してあやまれ、と言いがかりのオンパレードが続く。

「さすがに、こういうことはしたことねぇな」

佐和紀は目の前にある運転席のシートを摑んで言った。

「あんたの性格じゃないよな、こういうのは」

「何したいの、こいつらは」

「難癖つけて、女に強いところを見せたいだけ」

「殴り合いしたいわけじゃないのか」

「だいたいはしないね」

三井が笑った。佐和紀が人に難癖をつけるのは、ケンカで憂さを晴らしたいときだと知っているからだ。

「道でさぁ、肩がぶつかったって難癖つけるヤツらも、たいがいは負けを認めさせて周りに自分が上だって見せつけたいだけだよ。……あんたは何か言う前に殴るだろ？」

「俺だって、肩がぶつかったぐらいじゃ、殴んねぇよ」

「ぶつけさせて、ケンカ売らせるんだよな？」

「殴ってきた方が悪いからなぁ」

「バカなのに、変なところで知恵がついてんな」

三井が軽口を叩く。佐和紀は鼻で笑った。

「おまえに言われるのか」

「おたがいさま〜」

ひやひやと笑いながら、外の成り行きを眺める。顔を真っ赤にしている男二人は、岡村にターゲットを絞ったらしい。外にいる岡村も石垣も、物腰が柔らかくて、まるでヤクザには見えない。

すっかり舐められているのが、手に取るようにわかった。

「めんどくせぇな、タカシ。俺、ダメだ」

「え？　それはマズい！」

佐和紀がドアを開けたことに気づいた三井が慌てふためいてシートベルトをはずす。

「うるさいんだけど？」

ドアをバタンと閉めて、後ろに控える女たちに一瞥《いちべつ》をくれてやってから、男たちを見据えた。

「あぁん？　なんだよ、おまえ」

男二人の視線が、佐和紀の雪駄《せった》を履いた足先から頭のてっぺんまでを舐めるように見た。着物姿の腰から顔にかけては特に好色な目を向けられ、岡村と石垣がムッとした表情になる。

「俺の舎弟が何かしたか？」

佐和紀が言うと、男たちは鼻白んだ。

「舎弟？　おおげさな言い方だな」

「どんな運転させてんだよ。あぶねぇだろ。へたくそが」

男たちが怒鳴る。佐和紀はすっかり外に出ている舎弟の三人に視線を向けた。

「乗れ。行くぞ」

あごをしゃくって命令すると、車を蹴られて怒り心頭の岡村さえ異存のない顔をして従う。

「謝れよ、それが筋だろ！」

男の一人が言った。

「スジ？」

佐和紀は眉をひそめて、ゆっくりりと振り返る。

「今、そっちのが謝ったよな？」

岡村を追った石垣が二人に頭をさげたのを見ている。

「あんなのが謝ったうちに入るかよ。こっちの気が済むようにすんのが人としての常識だろうが」

「……あー、ヒト……人ね」

「行こう。もういいから」

佐和紀の顔を見た三井が、車の中へ押し込もうとしながら男二人に頭をさげた。

「ホント、ごめんな。あんなとこで急ブレーキ踏んで。彼女たちにも謝っといてよ」

「それじゃ、済まねぇんだよ！」

ガンッ、と音がした。車の鼻先を男が蹴ったのだ。岡村の顔色がいっそう悪くなり、佐和紀もピクピクと額に青筋を立てた。三井と石垣は顔を見合わせて、身体を緊張させる。

「……一千万に」

佐和紀がつぶやいた。銀鼠色《ぎんねずいろ》の車体に手をかけ、三井を押しのけて男たちに向き直る。

「あ、姐さん」

ダメだと三井が小さな声をかけたが、耳には届かない。

「てめぇら、いい加減にしとかねぇと泣かすぞ、コラ」

袖を引く三井を振りほどき、男たちを睨みながら蹴られた車の先端を覗き込む。美しく磨き上げられたフロントグリルに靴の汚れがついていた。

「拭《ふ》けよ」

ドスを利かせた佐和紀の声は、その容姿とあいまって、一種独特の感を醸し出した。男たちは一瞬怯《ひる》んだが、後ろに控える女たちの視線を気にして眉根を引き絞り、佐和紀に摑みかかった。

あっ、と叫んだのは、もう一人のヤンキーだ。

佐和紀は額を押さえ、舎弟の三人も顔をしかめて別の意味で額を押さえた。

岡村は天を仰ぎ、石垣は顔を背け、三井はぐったりとうつむく。

頭突きをもろに受けた男がもんどり打って倒れこみ、悲鳴をあげて転げ回った。

「舐めてんなよ、ガキが」

「お、おまえっ……！」

悪あがきを始めたもう一人は、佐和紀に思いっきり拳《こぶし》で横殴りにされて、頰を押さえる間もなくギャッと声をあげた。

「拭けよ」

頭突きを食らって鼻血を吹いている男の肩に雪駄を引っかけた足を乗せる。痛い、痛い、ごめんなさいと繰り返す涙声に、拳を受けたもう一人は怯《おび》えきった顔でその場にへたり込んでいた。

「拭かせろ、三井」

「それより、額、大丈夫か」

三井が我に返ってそばに寄る。

「そのガキに拭かせろ」

「はいはい、わかりましたよ。おまえら、バカだねぇ。一番怒らせちゃまずい人に突っかかって」

先ほどまでの威勢の良さはどこへ消えたのか、腕を掴まれた男は小さくヒィと喉《のど》を鳴らした。

「ほら、拭けよ。服で拭けばいいだろうが。さっさとしねぇと、あの人がまた怒るぞ」

「すみません、すみません」

泣きながら、服の裾で一生懸命に車を拭く。

「これでいいな、シン」

佐和紀が顔を向けると、岡村は肩をすくめた。

「じゅうぶんすぎてもったいないぐらいですよ。行きますか」

あっさりと答えた。いつのまにか女の子たちが石垣に近づき、車に乗せてくれないかと交渉している。佐和紀は冷たい目で顔を値踏みして笑い、後部座席に乗り込みながらぼやいた。

「鏡で顔を見てから言えよ」

「そういうわけだから、ごめんね。お兄ちゃんたちの面倒見てあげなよ」

石垣は爽やかに言いながら車に戻りかけ、女の子たちを振り返った。

「車のナンバー控えてるから、警察へ行ったりしないようにね。喧嘩両成敗《けんかりょうせいばい》ってやつだからね。……まぁ、今度からケンカは相手見てからした方がいいな。俺たち、立派なヤクザだからねー」

陽気に手を振って車に乗った。

「額を見せてください。本当にケガしてませんか」

スムーズに本線道路に戻る車の中で、石垣が顔を覗いてくる。

「あぁ、やっぱりさすがですね。見事に相手だけが致命傷で」

「陥没はしてないだろ。あの程度なら、鼻血止まりだよ」

佐和紀は平然と言った。

「でも、やめてくださいよ。アニキにどやされるのはゴメンですから」

三人がほぼ同時に同じ趣旨のことを言い、佐和紀は気にもせずに笑って窓の外を眺めた。

車は海沿いを進み、やがて目的地へ着く。

城ヶ崎海岸をブラブラと散策した。吊《つ》り橋を渡ったり、溶岩のトンネルを見たりして回る。

熱海のあたりの薄い海の色とは違い、相模灘《さがみなだ》の海の色は濃い。紺碧《こんぺき》の美しさだ。

大昔に海へ流れ出した溶岩が、海の浸食作用で削られてできた荒々しい溶岩岩石海岸の遊歩道を一巡りすると、バカなヤンキーたちのことはすっかり忘れてほどよく汗をかいた。車に戻り、適当な店で昼食をとっている間に、横浜を出発した周平から小田原を過ぎたと連絡が入る。

熱海の海岸線に作られている親水公園で落ち合うことになり、岡村の運転で市内に戻って公園の駐車場に車を預けた。

国道１３５号線沿いの海岸線一帯をヨーロッパ調に整備した親水公園は、白い砂浜のサンビーチや海に突き出たムーンテラス、ヨットを係留しているスパマリーナを眺めながら歩くことができる。熱海の温泉街はほとんどが丘陵地帯で、道路は勾配《こうばい》の急な坂が多い。住宅やホテルは高台に段々になって建てられていた。そのせいか、公園から眺めると、山に沿って建物がそびえ連なっているように見える。平坦な中心部のほとんどは埋め立て地だ。砂浜も人工だと石垣が説明するのを、佐和紀は歩きながら聞いた。

海風がそよそよと吹く公園には春の陽気に誘われた観光客が行き交い、それなりに賑《にぎ》わっている。砂浜に面した一画で、佐和紀は足を止めた。

小さな子どもが波と戯れながら遊んでいる。日差しが波打ち際に弾《はじ》けて穏やかだ。

「写真、撮りましょうか」

岡村が言い出すなり、さっさとシャッターを押してもらうために通行人を呼び止め、並んだ四人は写真を撮る。

「もう、着いたかなぁ」

城ヶ崎海岸で撮った写真から順番にデジタルカメラのモニターで確認している三井に、ビーチ沿いに植えられたカナリーヤシの木を眺めていた石垣が答えた。

「そろそろかな。向こうに、貫一お宮の像があっただろ。写真撮りに行こう」

「マジで？　ついに来たな！」

「姐さん、いいですか」

呼ばれて、佐和紀はその場を離れた。岡村が隣に付き従う。

「タモツは頭がいいよな」

前を行く石垣と三井に遅れながら、佐和紀が話しかけるといつも寡黙な岡村は少し笑った。

「あいつは国立大出身ですから、偏差値七〇近いですよ」

「偏差値？」

「学力を測る目安ですね」

「おまえは？」

「まぁ、六〇いかないぐらいでしたね」

「あいつの方が頭はいいんだ」

「そう思います。三井は聞かないでやってください」

「あれは、俺と同じだからなー。聞かねぇよ」

鶯色《うぐいすいろ》に細い縞《しま》が浮いて見える小千谷縮《おぢやちぢみ》の袖を振り回す佐和紀を、道行く観光客が物珍しそうに眺めているのに本人は気づかない。

「それでいくと、周平はどれぐらい？」

「アニキですか？　本人に聞いてないんですか」

「あいつ、忙しすぎんだよ」

佐和紀は拗ねた顔でそっぽを向く。

「そうですか。そうですよね。……姐さんが来て二ヶ月なんですね、まだ。見合い同然とはいえ、釣書なんてなかったでしょうし、しかたないですよね。っていうより、今の今まで、興味なかったんですよね？」

「うん、そう」

あっさりと首を縦に振る。

「まぁ、詳しくはアニキに聞いた方がいいと思いますけど、アニキは別格ですよ。東大の文１、いわゆる法学部、法律を勉強するところですね。偏差値だと、八〇近いです。どうして、この道に入ったのか、ちょっとわからないぐらいエリートコースなんですよね」

「いま、何気に、俺に聞き出せって言ってるよな？」

「そう聞こえました?」

「空耳だよな」

「聞いてくださいよ。在学中に司法試験にも受かってるらしいし、卒業だってしてるんですよ」

「どこで聞いてくるんだよ。そんなこと。っていうか、それだけ知ってれば、いいんじゃねぇの?」

「動機が知りたいです」

「おまえはどうして、ヤクザになんかなったんだよ。偏差値だっけ? それが、六〇でもすごい方なんだろ?」

「あぁ、俺は就職に失敗しました。親がヤクザで」

「初耳だな」

「三回刑務所入って、今も服役してますよ。しょうもない軽犯罪ばっかりで、どうしようもないオヤジですけどね」

「親がわかってるだけいいって」

軽く笑い飛ばす佐和紀に、岡村が細い目をさらに細めた。

「タモツも前科があるんですよ」

話を変えたと気づいたが、佐和紀は指摘しなかった。

「大学中退してるんだろ？」

「執行猶予がついたらしいですが、麻薬の製造と密売で。頭がいいってのも考えものですね」

「製造って……、あいつ、作ってたのか」

「それを大滝組のシマでさばいたんで、サツにパクらせたわけですよ。うちは基本、クスリはご法度ですから。で、初犯だからって執行猶予がついたけど、もうダメですよね。そうなると」

「おまえら頭いいのに、生き方がバカだな。シンだって他に選べただろ」

「そうですね。ごもっともです」

「しおらしく答えたらいいと思いやがって、腹立つなぁ！」

岡村の肩をバシンと叩き、佐和紀は軽い足取りで遊歩道から国道沿いへと階段を下りる。右へ向かうとすぐに観光客がたむろしている一画が見えた。手前にほどよく成長した松が枝を伸ばし、その先に銅像が立っている。

ショールを肩からずり落としたお宮が、学生服にコートを着た貫一の下駄で足蹴にされている場面の再現だ。バスツアーの客なのか、わんさか集まっている人だかりの中から、突然、さっさと先に行った石垣の声がして、佐和紀は岡村と顔を見合わせる。

「いいか宮さん。来年の今月今夜、再来年の今月今夜、十年後の今月今夜、僕の涙できっとこの月を曇らしてみせる」

狭いスペースに流れる音楽に乗って、石垣の声が朗々と響くと、人だかりから喝采《かっさい》があがった。人の肩越しに、二人が見える。

不満げな顔の三井をその場に引き倒し、足蹴にしている石垣がいた。

どうやら、観光客相手に名場面を再現していたらしい。

「他人の振りしましょう」

岡村が苦笑しながら袖を引いてくる。もちろんだ。

笑いながら国道を眺めると、目を引く青いイタリア車のコンバーチブルが遠くに見えた。

見覚えのある形だ。速度を落として近づいてくる運転席には、予想通りサングラスをかけた周平が乗っていて、軽く手をあげると駐車場を指差して行き過ぎる。

「姐さん、写真撮りますすよ」

「どうして、俺がお宮なんだ」

陽気な石垣の後ろで、三井がぶつくさ文句を言う。

「恥ずかしいんだよ、おまえら」

岡村が顔をしかめると、二人はにやにや笑って顔を見合わせた。

「何のために熱海まで来たか、わかんないだろ。やらないと」

そこはぴったりと声が重なった。

「でも、どう見たって、俺が貫一だろう」

三井はまだ言っている。

「よく考えろよ。おまえ、セリフおぼえてないだろ」

石垣の指摘に、首をひねった三井がうなずいた。

「あぁ、おぼえてねぇ」

「じゃあ、お宮決定だろ」

岡村が声をあげて笑い飛ばした。

四人で写真を撮り終えてすぐに、サングラスをいつもの眼鏡にかけ直した周平がやってきて合流する。舎弟たちはさっそく、佐和紀と周平の二人を松の前に並ばせて、ツーショットの写真を撮るのに余念がない。

「何をして過ごしてた？」

紺色の綿パンツに、淡い藤色の半袖シャツ。ニットタイをゆるく結んでいる周平の質問に、佐和紀は一瞬黙って宙を仰ぐ。

ケンカを吹っかけられて、見事に売り返したとは言えない。

「吊り橋、渡った」

そう答えると、周平はすぐに場所がわかったらしく、楽しかったかと問い返してくる。

指がさりげなくうなじに触れて離れた。

海の青さと溶岩の景観を話しながら、佐和紀はその指を目で追う。

それから五人で、古い邸宅を保存した起雲閣《きうんかく》をのんびりと観光してコーヒーを飲み、話題のパワースポットの神社へお参りしたついでにたっぷりとタバコを吸って、時間も良い頃合いだと、宿入りすることになった。

周平が合流してから、佐和紀はコンバーチブルの助手席に乗って移動している。

結婚して、そう何度も乗っていない。車体の重心が地を這《は》うように低く、エンジン音の迷惑極まりない高級車が周平の愛車だ。助手席に乗ったのは佐和紀が初めてらしい。舎弟はおろか岡崎でさえお墨付きを出す事実に、佐和紀は嬉《うれ》しいような、どうでもいいような気持ちでいつもシートに収まっている。

神社の駐車場から岡村たちを追って車を出すどさくさに、サングラスの周平にくちびるを盗まれた。いつもながらにお互いの眼鏡はカチリとも音を立てず、佐和紀は思わずくちびるを手の甲で拭《ぬぐ》って周平の眉をひそめさせる。それも苦笑に変わると、すぐに朗らかな表情になった。

指を握られた佐和紀はうつむいて、そっと握り返す。新緑の匂いが、山肌を覆う鎮守の森の枝木から降ってくる。

もう一度と顔をあげる前に車が走り出し、言葉は声にならず風に流された。

熱海の市街地に程近い山間《やまあい》に建てられた純和風の割烹《かっぽう》旅館は、美しい庭園が設《しつら》えられた約三千坪の敷地に、数寄屋造りの離れ座敷がそれぞれを干渉しないように点在している。

周平の常宿らしく、出迎えた女将《おかみ》は久しぶりの来館を喜びながら、しばらく足が遠のいていたことも嘆き、そして佐和紀のことをごく自然に『ご新造《しんぞ》さん』と呼んだ。

舎弟たち三人はロビー棟の上にある一般客室をあてがわれ、佐和紀と周平は敷地の奥にある離れに通された。そこも周平が決まって泊まる部屋らしく、予約が入っていたのを断ったのだと女将は笑って言った。

広い玄関を入ると左右に畳廊下が延び、十五畳と十畳の和室が庭に面して並んでいる。十五畳の和室から四畳の小部屋を抜けるとすぐ外には湯気の上がった石造りの露天風呂《ぶろ》が備えられ、内風呂からも出入りできるようになっていた。

「お風呂は掛け流しですから、いつでもお入りになれます」

茶を用意する仲居の手元を微笑んで見守っていた女将は、借りてきた猫のように座って脇息《きょうそく》をなぞっている佐和紀に声をかけてきた。

「はぁ」

間の抜けた返事に周平が笑いを噛み殺し、佐和紀はムッとして睨みつけた。

「周平さん、いけませんよ」

たしなめたのは、丁寧に茶を淹《い》れた仲居の、老いた静かな声だ。手は震えることもなく、茶托《ちゃたく》を二人の前に並べた。

「女の人を連れていらっしゃらないと思ったら、こんな素敵な方を隠していたなんて」

女将が笑った。佐和紀は居心地の悪さに肩をすぼめる。素敵と言われたところで自分は男だ。ちらりと周平を見やると、同じように肩をすぼめて笑いかけてくる。

「いい加減、慣れろよ。佐和紀。男同士だろうがなんだろうが、結婚したんだからおまえが俺の嫁なんだよ」

「……慣れるか、バカやろう」

小さな声で悪態をつくと、仲居がホッホッホッと笑い、女将も細い声で笑った。

「そうですわね。慣れろという方が無理ですわ」

「ここではお呼びにならない限り、決まった時間にしか参りませんから、どうぞごゆっくりお過ごしください」

仲居が頭をさげて続ける。

「お食事は宴会棟の個室でお連れ様方とご一緒とのことですから、その間にお床を隣の部屋にご用意しておきます。朝はこちらにお運びしますから、ごゆっくり朝寝でも楽しんでください。ご用がなければお帰りまで、このお部屋でお会いすることはありません」

「夕食の給仕、皿を出したり引いたりは頼んでる。心配するな」

周平がどうでもいいことを付け加える。からかわれていることを承知で睨みつけると、視線がスッとそらされた。

「外部からの電話は取り次がないでくれ。組からも」

「組からのご連絡もですか」

周平の仕事を知っているらしい女将が目を丸くした。

「よろしいんですか」

「携帯電話にかけてくるだろう。……佐和紀は岡崎の紹介なんだ。あの人、邪魔したくてうずうずしているから、真夜中にかけてくるはずだ」

「あら、夜中に」

「なんなら、電話の線を抜いていた方がいいかもな」

「そんなに……」

口をつぐんだ女将は佐和紀をちらりと見て、上品な笑みを浮かべた。

「うまくいかないとお考えになったのかしら」

「渡したら、惜しくなったんだろう。あの人らしいけど、大迷惑だ」

「新婚旅行ですものねぇ。わかりました。対処いたします」

女将と仲居は退室の挨拶を述べて出ていく。

残された佐和紀は大きくため息をついて、一枚板のテーブルに顔を伏せた。

「もっと普通のところでいいのに」

「それはそれで後悔することになるぞ」

周平が笑う意味がわからず、佐和紀は灰皿を摑んで縁側に寄った。座ると、借景になっている山の新緑の青さと、淡い紅色が同じ分量で交じり合っているのが見える。山桜が満開だった。

タバコに火をつけてふかすと、後ろから伸びてきた手に取り上げられ、文句を言う間もなくあごを摑まれた。振り返るようにキスを受ける。眼鏡がわずかにこすれて、乾いた音を立てた。

「ん……」

体勢の悪さに、閉じきらないくちびるの間へ舌先が入り込んだ。濡《ぬ》れた舌の柔らかさに、佐和紀は周平に向かって身体を開いた。裾が乱れて、膝から下が露《あら》わになる。

「んっ……ん」

取り上げたタバコを灰皿に置いた周平は、片手で背中を抱き寄せながら、もう片方の手で佐和紀の眼鏡をはずす。

息がくちびるにかかるほど近くで顔を見つめられ、佐和紀は肌が熱くなる恥ずかしさでいっそう目元を赤くしながら視線をはずした。

「見ろよ」

無茶なことを言う周平の指が頰を何度も行ったり来たりして、あご先をなぞりくちびるに触れる。その親指をそっとくちびるで挟んだ佐和紀は、たまらず首を振って周平の肩へ額を預けた。

「嫌か」

「んな、こと……」

黙り込んで息をつく。

「じゃあ、キスさせろ。食事前に抱いたりしないから」

「やだ、って」

「意味がわからないな」

強引に頬を手のひらで包まれる。

「見ろよ、佐和紀。俺を見てくれ」

「恥ずかしいんだよっ……」

「半日、会わなかっただけだろ」

周平はわかっていてわざとやっている。ゆっくりと向かい合いたかったのに、いざとなると腰が引けるのは佐和紀に経験がなさすぎるからだ。

「ふ、風呂……ッ！」

やけくそになって叫ぶと、周平はニヤニヤ笑いながら部屋の外を指差した。

「入れば？」

「お、大きい風呂に行ってくる」

周平を押しのけると、バタバタと足音をさせて離れを出た。石を敷いた狭い道を小走りに抜けて、佐和紀は大きく息をつく。

背中に背負っているものがある周平は公衆浴場の類《たぐい》には入れない。それをわかっていて、佐和紀は出てきたのだ。浴場への道順は、庭の木々にまぎれるようにそっと置かれた木札が教えてくれている。それをたどって行くと大きな古民家が建っていて、中が脱衣室になっていた。

各客室の内風呂も温泉を引いてあるからか、大きな露天風呂があるだけだ。下半分がすりガラスになっている窓から外を覗くと、先客が見えた。

「あいつらか……」

金髪が混じっているのですぐにわかる。こんな高級旅館にあんな頭で来ているのは、石垣だけだろう。佐和紀は手早く着物を脱いでカゴに投げ入れた。風呂のない長屋暮らしが長かったから、銭湯には慣れている。

しかし、佐和紀が足を踏み入れた瞬間、男風呂の中が水を打ったように静まって、独特の緊張感が客たちを固まらせた。そのことには、今も気づいていない。

誰が忠告しようと、佐和紀は自分の容姿にまるで頓着《とんちゃく》しないからだ。

紺色のボクサーパンツを潔く脱いで、別の棚に積んであるタオルを一枚手にする。それで股間《こかん》を隠すぐらいのたしなみはあるが、あくまでもたしなみ程度だ。

外へ続く扉を開けると、ガラリと心地のいい音が響いた。三段ばかり続く階段には木製の手すりがあり、それがちょうど腰周りを隠す。身体を洗おうと風呂から出てきた三井と目が合った。

「よっ！」

軽く手をあげると、目を丸く見開いた三井が股間を隠すのも忘れて体勢を崩し、両手を振り回した。

そのまま、佐和紀の目の前で真後ろにこける。

「バカか、おまえは」

ちょうど背中を向けていた二人が、滑った音に気づいて笑いながら振り返る。最後の一段を下り損ねて立ち止まった佐和紀と目が合う。

「姐さんッ！」

岡村が叫び、視線を泳がせた石垣は、血の出た鼻を押さえる三井の陰に隠れるようにして、その身体を支えた。

「まずいですから。戻ってください」

岡村も慌てて三井を抱き起こす。

「いえ、いいです。このまま、どうぞ。俺たち出ますから」

あっという間だった。三人はそそくさと出ていき、一人残された佐和紀は舌打ちして脱衣所へ続く階段を振り仰いだ。三人と一緒になってちょうどよかったと思った後の落胆は大きい。言葉にならないつまらなさを感じて、佐和紀は洗い場へと足を向ける。

夕暮れが近づき、山肌を下ってきた風が肌に冷たい。

「酷なことをするなよ」

笑い声が聞こえて目を向けると、階段の上に周平が立っていた。

「何もしてねぇよ」

答えながら、どうして三井は鼻血を出していたんだろうかと疑問が湧《わ》く。仰向けに倒れたはずだった。

「つまんねぇ。せっかく温泉に来たのに、逃げられるなんて思わなかった」

素直に文句を口にすると、綿パンの裾を折り上げた周平が浴場へと下りてくる。ニットタイははずし、胸元のボタンを二つ開けていた。

「おまえは、人とは風呂に入れないんだよ。しかたないだろ」

「銭湯には行ってた」

「居合わせたやつらは不幸だな」

「ひどい言い方すんなよ」

顔に似合わない粗雑な話し方を改めさせようともしない周平は笑った。

「そうだな。悪かった。背中を流してやるから、座れよ」

「普通は嫁がするんだろ」

答えながら備え付けの椅子に座ると、周平はどこか楽しそうに桶《おけ》に湯を溜めた。

「いいんだよ。誰もいないし、俺が洗ってやる」

佐和紀の肌は白い。しばらく周平と抱き合っていなかったせいもあって、吸われてついた薄い跡もすっかり消えていた。

「どうして、人と風呂に入れないんだよ。あんたと結婚したから？」

肩から温かい湯が流れ、佐和紀はふと息を漏らした。

「息をするだけでエロいからだろ」

ボディソープを泡立てた手が、するりと脇から胸の前にまわり、佐和紀は驚いて身をすくめた。

「変態ッ」

思わず腕を掴んだが、すぐに戻っていった手は真面目を装って背中を洗い始める。

「手が滑った」

ありきたりな言い訳を口にして自分で笑っている周平の手が肩に触れ、腕に触れ、佐和紀は居心地の悪さを感じて身をよじった。

「もういい……自分でする」

「どうして」

周平は意地が悪い。佐和紀が逃げ出せないとわかっていて、手を滑らせた。ボディソープの泡を胸に伸ばしながら、硬くなり始めている小さな突起をさりげなく刺激する。

「……はっ、あ……」

「忙しくてかまえなかった間、自分で触らなかったのか」

「するわけ、ないだろ……」

答える声が弱くなる。大きな手のひらの温かさが心地いい。

本当はこっそり触ってみた夜もあったが、どうしたって周平の手ほどは気持ちよくなれない。前を触るのも一緒だ。だから、佐和紀は焦がれてしまう。

他人に中心を触られたことは何度もあるのに、そのどの手とも周平の手は違っている。手のひらが大きくて指が長くて、そして泣きたいぐらいに温かい。

思い出して、タオルで隠した股間が反応しそうになった瞬間、周平が離れた。脱衣所へ続く扉を開ける音がしたからだ。

階段からは死角の位置で、すぐに見られることはない。

「先に部屋に戻ってるから、温まってこい。他の人間に、あんまり裸を見せるなよ。おまえは俺のものだからな」

手についた泡を手早く流して、周平は佐和紀のつむじにキスをすると何事もなかったかのように去っていく。残された佐和紀はくちびるを噛んで、前のめりに上半身を倒した。

「ジョーダンじゃないッ……」

悪態をついてもさまにはならない。最後の一言に反応して半勃起《はんぼっき》した股間は、しばらく元に戻りそうもなかった。


火照《ほて》った身体を持て余したせいで、風呂に浸《つ》かっても落ち着かず、誰にも見られないようにこっそりと露天風呂を後にした。こんなにこそこそと風呂に入ったことは今まで一度もなかった。意地になって洗った髪を乾かし、長襦袢《ながじゅばん》の上に小千谷縮を着て脱衣所を出た。もう日はとっぷりと暮れて、石を配した小道の脇の石灯籠《いしどうろう》に火が入っている。

佐和紀は歩きながら、薬指にはめたリングをいじった。

プラチナではなくチタンの結婚指輪は、軽くて強度があり、華奢《きゃしゃ》すぎずにしっくりと馴《な》染《じ》んでいる。難点はサイズ直しができないことだと周平は笑っていた。その指にも揃いのリングがはめられている。

結婚して二ヶ月経った。『二ヶ月も』なのか『二ヶ月しか』なのか、よくわからないままに歩く。ただはっきりしているのは、周平が夫だという現実を受け入れている自分がいることだけだ。

迷子にならずに離れに戻った佐和紀はわざと周平を避けてタバコを吸った。周平は宿の用意している浴衣《ゆかた》ではなく、彼には珍しい着流し姿で新聞を読んでいた。

その非日常感で気持ちがいっそう落ち着かず、そわそわしている間に夕食の時間になる。宴会棟へ向かう間も佐和紀は距離を置いたが、訳知り顔で笑われただけで何も言われなかった。

宴会場というよりは、料亭の座敷サイズの部屋に入ると、すでに浴衣に丹前を羽織った舎弟三人は揃っていて、周平がさっそく三井をからかいながら席についた。

「見たのか」

「見られたんですよ」

三井がふてくされ、

「見てねぇよ」

佐和紀は笑いながら言う。

「アニキもアニキですよ。姐さんを野放しにしないでくださいよ。ハダカでうろつくなんてどうかしてる！」

「風呂だから、そりゃ、脱ぐだろう」

岡村が苦笑した。石垣が額を覆ってため息をつく。

「鼻血出すって、中学生レベル」

「……こけたときに出たんだよ」

「苦しい言い訳だな」

「言い訳じゃない！」

石垣と三井のやりとりをよそに料理が運ばれてくる。

「人の嫁見て鼻血出すなよ」

「アニキまでそんなこと言わないでくださいよ。違うんですから」

三井は困りきった顔で、頭を掻きむしる。

そうこうしているうちに芸妓《げいこ》二人と半玉《はんぎょく》一人、地方《じかた》一人が部屋に入ってきて、宴会が始まった。周平は芸妓の一人とも馴染みらしく気安く会話を交わしている。丸い頬の半玉が柳の花簪《はなかんざし》を顔のそばに垂らしながら、佐和紀に見惚《みと》れて別の芸妓にたしなめられた。

やはり佐和紀は『ご新造さん』と呼ばれて困惑する。大滝組の屋敷でも家政婦はそう呼ぶが、家の外で呼ばれるのとは違うのだとつくづく実感した。隣に座る周平と視線が合うのが恥ずかしくて、佐和紀はぎこちなく目を伏せる。見つめあうと、露天風呂で触れられたいやらしさを思い出しそうで怖かったからだ。

それも、最後の方にはどうでもよくなってくる。乾杯から宴会が始まり、唄《うた》と踊りを楽しみ、ゲームをしてしこたま飲まされた。佐和紀は上機嫌で『ラバウル小唄』を歌い、年老いた地方を喜ばせたついでに『加藤隼戦闘隊』と『異国の丘』を歌う。どちらも松浦と長屋の爺《じい》さんたちの仕込みだ。手拍子を合わせる周平は、地酒をあおる佐和紀の盃を常に満たす。

結果、酔わなかったのは遊び方と逃げ方を熟知している周平だけで、三井に至っては若い半玉相手に下ネタを連発して笑わせ、石垣に叩かれても殴られてもへらへらするばかりになった。

いつも限度をわきまえている岡村も、今日はもう運転手の仕事も回ってこないとわかっているせいか、めったに見ないほど顔が赤くなり、宴会は三時間でお開きになった。

「石垣、寝てるんだけど」

最後は水を飲んで、酔いを少しだけ醒《さ》ました佐和紀が周平を振り返る。

「こいつも寝てればガキみたいな顔してるよな」

三井を殴っていたと思ったら、ちゃっかりと芸妓の膝を借りて眠っている。

「申し訳ないが、あなたにはもう一本つけますから、しばらく寝かしてやってもらえますか」

周平がそう言うと、泥酔した三井がガバリと立ち上がる。

「まずいッス、アニキ。こんなに酔ったら、ソープに行けねぇ！」

「行くな。バカか」

周平は笑っていなし、岡村に後を頼んで佐和紀を呼び寄せた。

「酔ったか？」

座敷の外へ出ると、山おろしの夜風が頬を撫でていく。

「んー、いい酒だった」

露天風呂での一件をすっかり忘れて、佐和紀はにっこり笑った。いつもは見せない子どもっぽい笑顔に、薬指で眼鏡のズレを直した周平の目が細くなる。

空を仰いで息を吐き出した佐和紀は言った。

「部屋に戻るのがもったいないな」

「じゃあ、海を見に行こう」

周平が唐突に言い出し、佐和紀はきょとんとした表情になる。

「車は？　シンも飲んでるし」

「旅館に出させればいい。帰りはタクシー呼ぶしな」

手を握ってくる周平の指が熱い。佐和紀は文句なしに指を絡めた。酔っている。酔っているからだと自分に言い聞かせるのは、もうほとんど酔いが引いているせいだ。

旅館の車に乗り込んで親水公園のそばで降ろしてもらうと、まだ十時にもならないせいか、ライトアップされた遊歩道にはちらほらとカップルの姿があった。

何食わぬ顔をして手を繋ぎ、ぶらぶらとマリーナからビーチへ向かう。お互いにアルコールのせいにして着物の肩を寄せ合い、昭和だなと笑い合った。

海面にライトの明かりを伸ばすムーンテラスをデッキから眺めると、先客がモニュメント前で抱き合ってキスしているところだった。足を止めた周平がタバコに火をつける。気づいた佐和紀が袖を引くと、人差し指と中指で挟んだそれをくちびるに渡された。

「長いキスだな」

また新しいタバコを取り出した周平の腕に肩を抱き寄せられる。近づくくちびるに挟んだタバコの先端が、佐和紀のタバコの火に触れる。

肩を片手で抱かれたまま顔を向かい合わせにしても、火はなかなかつかない。カップルが通り過ぎ、次に女の子たちが騒がしく通り過ぎ、ようやく火が移った。

それでもまだモニュメントの前のカップルはキスをしている。

「砂浜、歩こう」

佐和紀はタバコのフィルターを軽く歯で噛んで、周平の腕を抜け出した。

ライトアップの光が青白く伸びる砂浜に下りて雪駄を脱いだ。足袋《たび》はもうとっくに履いていない。佐和紀は砂を蹴って歩き、タバコを指に挟んで機嫌よく歌い出す。

「また軍歌か」

笑う周平はバカにしているでもなく、横に並んで肩に腕をまわしてくる。佐和紀は、手の先を掴んだ。

「俺は子守唄も軍歌だった。子守してくれてたジイさんが南洋帰りで」

貫一お宮の像を見に行く。

「おまえのお祖父《じい》さんか」

「違うよ、ばあちゃんの再婚相手」

波打ち際をふざけあって歩きながら裾を濡らし、途中で遊歩道へ戻って公園の端にある貫一お宮の像を見に行く。

「誰もいないな」

周平が言った。

ライトアップされていてもどこか暗いのは、道路を隔てた向こうにある大型のホテルが建築中だからだ。その隣も廃業して明かりが消えている。人通りはなく、銅像もどこかひっそりと闇《やみ》に浮かんでいた。

「佐和紀、ちょっと来いよ」

銅像の隣の薄暗いスペースで周平が手招きしてくる。何かおもしろいものでもあるのかと近づいた佐和紀は、うっかりと騙《だま》されて抱き寄せられた。気づいたときにはくちびるが重なって、背中を塀に押しつけられている。

「こんなに人が来ないんじゃ、ここで一発できそうだな」

「死ねよ、バカ」

言い放つくちびるを舐められて、佐和紀はたまらずに目を閉じた。

待っていたキスに身体が焦がれる。指を周平のあごに沿わせて、酔っているからだとまた自分に言い聞かせたが、今度は効力がなかった。

　ほどよい散歩で、酔いはすっかり醒めている。

「貫一は、よっぽどお宮が好きだったんだろうな」

　唐突に言い出した周平の吐息がうなじにかかって、佐和紀はその顔を押しのけた。その気になりそうで危ない。

「振られた日をずっと忘れないで、その一日のために一年を過ごすんだ。そして泣くんだよ」

「男がメソメソするって……、なんだろうな」

　ぼんやりと言った佐和紀の目を、周平が覗き込んでくる。

　おまえはよく泣いてたよなと言われたようで、くちびるをとがらせて睨みつけた。結婚したての頃は確かにそうだった。今でもまったくの新婚だが、泣くようなことは何も起こらない。

「俺だって泣くよ。おまえが俺を捨てたら」

　ガラでもないことを言った周平は、胸元から黒い小箱を取り出した。

「何それ」

「どっちのことだ？」

　周平が眉をひそめる。

似合わないことを言い出したことか、それとも、いきなり取り出した小箱のことかと問われ、佐和紀は小首を傾げた。

「どっちも？」

「聞き返すなよ」

笑った周平が真面目な顔になる。

「それからな、佐和紀。忘れるなよ」

「ん？」

コンクリートの塀にもたれたまま、佐和紀はアクセサリーケースらしき小箱を眺めた。

「今夜のこと。それから、俺が今から言うことをだ」

周平が静かに微笑んだ。ゆっくりと開いたケースの中に収まったリングにはめられた石が、月明かりを受けてきらめいたように見えた。

「金剛石ってのは、ダイヤモンドのことだ。で、これはエンゲージリング」

「わけがわかんないんだけど」

佐和紀は戸惑いながら周平を見た。

大きなダイヤは、確かにガラス珠《だま》とは違う複雑な輝きだ。周平はケースだけを自分の着物の合わせに押し込み、佐和紀の手をそっと掴んだ。指輪が薬指にはまる。

サイズには間違いがなかった。

「戸籍上も、おまえは俺の嫁だ。でも、そうでなかったとしても、俺はおまえと家族になりたい。プロポーズが後になって悪いけど……俺と一緒になってくれ」

「……プロポーズなのか……」

佐和紀は呆然《ぼうぜん》として、指にきらめくダイヤを見た。塀にもたれていなかったら、その場に崩れていたような気がする。

「十年後も二十年後もずっと、おまえの目が涙で曇らないように守ってやるよ」

手のひらが頬に当たる。その温かさに、佐和紀はくちびるを噛んだ。

泣かさないと言われている先から涙が頬を滑り落ち、周平の指でそっと拭われる。

「守られなくたって、いい」

佐和紀はうつむいて塀から離れた。周平の胸に身体を預けて、柔らかな着物に頬を寄せる。

「邪魔にされるまではいる」

「よせよ、そういう言い方」

あごを掴んで顔をあげさせられ、くちびるで涙を吸われる。

「どうせなら、邪魔にされてもいてくれ。こおろぎ組の狂犬だろ？」

「もう昔のことだ」

「バカだな、佐和紀。人の過去は消えない。おまえがあの組から俺のところへ来たことは

変わらない事実だ。大切にしてろよ」

「周平……」

見上げながら、佐和紀は震える指で男の顔をなぞった。

どうしようもないほどのせつない欲情を感じて、すがるように目を覗き込む。指で触れたくちびるにぎこちなくキスをすると、痛いほど強く抱きしめられた。

「おまえは、なぁ……」

見つめ返してくる周平の目の奥にも情欲の火が燃える。

「あぁ、俺が大人で本当によかったな。あと五年若かったら、ここで後ろからぶち込むところだった。帰るぞ」

「言ってることははるかにおっさんだな。エロジジイ」

「好きに言えよ。そのエロジジイに今から泣かされるんだからな。覚悟しろよ」

「……」

想像して思わず黙り込む佐和紀の顔を見た周平が、その場にしゃがみ込んだ。

「ほんっとに、どうにかしてくれよ！　二十八の男の顔じゃないぞ、それ。……勃起した」

「ふざけてろよ」

照れ隠しを言い捨てて、佐和紀は歩き出す。

頬が熱い。抱かれた肩が、腰が、エンゲージリングとマリッジリングの並んだ薬指が熱い。

腕を強い力で引かれて、振り向かされた佐和紀は拒まなかった。

国道を行き過ぎていくライトの中でくちびるを交わした。ムーンテラスでいつまでもキスしていたカップルよりも熱烈に卑猥《ひわい》に舌が絡む。

それはひとしきり、腰砕けになった佐和紀が立っていられなくなるまで続いた。

通りでタクシーを拾い、後部座席に座っている間中、周平は佐和紀の指にキスを続けた。

それから、離れの部屋につくまでに三回も四回もくちびるを吸われ、部屋に入ったと同時に何も考えられなくなった身体から帯をはずされる。どうなるのかと思ったら露天風呂へ入れられた。眼鏡も取り上げられる。海風に冷えた身体が温まる心地よさに息をつく間もなく、後を追ってきた周平に引き寄せられた。

「ちょっ……待っ……」

「待てるか、ふざけんなよ」

焦りの見える声が佐和紀の耳の後ろをなぶる。背中から抱かれ、佐和紀は喘《あえ》いだ。

肩に噛みつかれ、余裕のない動きで指が胸を這い回る。

石造りの浴槽から溢《あふ》れている温泉が激しく揺れ、佐和紀はふちに掴まった。

「ムードがなくて悪いけど、もう限界なんだ」

息を乱した周平が背中に折り重なりながら、大きな手のひらで腰下の引き締まった肉を掴んで揉みしだく。

「はぁっ？」

振り返ろうとしたが身動きが取れず、臀部《でんぶ》のスリットを太い指でなぞられて佐和紀は顔を真っ赤にした。心臓がひときわ大きく弾み、息が苦しくなる。

もう片方の手がふくらみのない胸を撫でさすって、外気に触れて立ち上がった乳首に気づくと乱暴に指の間に挟んだ。

「んっ……」

優しく抱いて欲しいなんて少女趣味は、佐和紀にもない。

獣のような息でのしかかられても傷つくようなことではなく、むしろ、いつもは冷静沈着な面持ちを崩さない周平の、取り繕わない情熱が嬉しかった。

「……っ、はっ……、ん」

久しぶりすぎる挿入に怯えることも忘れて、尻《しり》に押しつけられた硬い肉に身を震わせた。

二ヶ月でたった数回でも、その強すぎる快楽は佐和紀の中に刻まれている。

入ってくるときの苦しさ、中をこすられるときの異物感。それらすべてが作り出す、淫雑な快感。

身体の芯《しん》から滲《にじ》み出すようなせつなさに焦《じ》れて、佐和紀は指の関節を噛んだ。

甘い吐息がくちびるから漏れ、湯に浸かっている下半身が張り詰めていくのを感じた。

「声、出していいぞ。佐和紀。ここは他の部屋からは離れてるから、叫ばない限り聞かれることもない」

「……い、やだっ……あぁっ」

両手を突っ張らせている佐和紀の股間に周平の手が伸びた。先端を握られると、熱い湯の感触にぞくりと痺《しび》れが走った。

「ヌルヌルしてるのは、温泉じゃないだろ？」

いやらしく耳元にささやかれ、佐和紀は髪を揺らして首を振った。

いつも以上に感じているせいだ。触りあうだけのいつもと違って、今日は久しぶりに挿入されると思うと、佐和紀の身体は素直に期待して反応を強くする。

「中で、出る……」

「いいよ。出せば。一晩すれば全部入れ替わる」

「そういう問題じゃないッ」

「気になるうちは、本気じゃないだろ。うん？」

「ひぁっ……！」

根元からしごかれた上に、先端の入り口を指でいじられて、佐和紀は背中をのけぞらせた。

「う、うっ……んっ」

「姿勢がつらいか？　膝をつくと傷になる。すぐ終わるから、我慢しろよ」

そう言った周平の手が、佐和紀の尾てい骨から、そっとスリットをなぞる。

引き締まった臀部に挟まれた指はするりと下りて、そのまま肉付きのいい引き締まった太ももに隙間《すきま》を作る。

「え……」

佐和紀の戸惑いを、周平は黙殺した。気づいているはずなのに、何も言わず、佐和紀の太ももの肉に自身のものをすりつけるように腰を揺らす。

「……な、んで」

「声を聞かせろよ」

肩に歯を立てられ、強く吸われる。それと同時に性器をしごかれて、佐和紀は望み通りの甘い声をあげた。

「うっ、ふぅ……ぅ……」

周平が腰を振ると、硬い昂《たか》ぶりがかすかに佐和紀の陰嚢《いんのう》を刺激する。

「……このっ……ゴト師がっ……あぁっ！」

悪態をついて、上半身を支える腕に顔をこすりつける。

男同士の素股《すまた》で、挟んでいる方も気持ちがいいなんて詐欺だと、色事に長《た》けた周平に対して言葉にならない憤りを感じながら声をこらえる。触れるか触れないかの、やわやわとした刺激にリズムを合わせてしごく周平の手は慣れていた。男も女もいけるというのは嘘ではない。

ふいに、街で話しかけてきた少年を思い出した。

今どきの小綺麗な顔をした若い男も、周平は色事師の手管で泣かせるのだろうか。そのとき、相手は望むままの嬌声《きょうせい》をあげて返し、そんなことに周平は昂ぶるのか。

くだらないと思いながら、佐和紀は燃えた。

頭では最悪だと周平を罵《ののし》って腹を立てても、重なりあい触れあう肌の熱さが心を裏切る。

息があがり、吐き出すたびに小さな声が漏れてしまう。

聞かせたくなくてこらえると、それはいっそう甘く響き、佐和紀は目を閉じた。

荒々しい周平の息が肌を濡らす。上半身を抱きしめられ、限界まで耐えた佐和紀の先端から白い蜜《みつ》がこぼれ出す。

「あぁ、あぁっ……」

「強情すぎるんだよ」

激しく射精するのではなく、ゆるゆると吐精する佐和紀をしごいて最後まで搾り出し、周平自身は大きく息を吸い込んで、佐和紀の脚の間に熱い体液を流した。

おまえの情人《いろ》と同じ反応をしたくなかったなんて言い出せない佐和紀は、石の上に突っ伏した身体を抱きかかえられて、露天風呂の中で身体についた精液を拭われる。

「よかっただろ？」

「……ヤクザやめて、色事師になれば？」

「おまえが雇ってくれなきゃ、食いっぱぐれるなぁ」

笑いながらキスした周平はかけ声をひとつ漏らして、佐和紀を抱いたまま露天風呂から出た。

「怪力……」

四畳の小部屋で下ろされ、投げ渡されたバスタオルで身体を拭っていると、腰にタオルを巻いた周平に缶ビールを差し出される。

「おまえは軽いよ」

その一言にも、他の誰かの影を感じて、佐和紀はむっつりと黙ってビールを飲んだ。

身体はまだ火照っている。温泉に浸かりすぎたせいではない。

解消しきれない性欲のおき火がちりちりと佐和紀の胸をざわめかせた。

今日は挿《い》れてもいいんじゃないかと口に出せない自分の恥じらいがうっとうしくて、漆塗りの乱れ箱を引き寄せた。白地に吉原《よしわら》つなぎの柄が入った浴衣に腕を通す。

「おまえ、ケンカしたんだって？　今日」

　後ろから腰を抱こうと伸びてきた手が、佐和紀が締めようとしていた帯を取ってリボンを結ぶ。きれいにふっくらと結んでから離れた周平は、畳の上のビールを持ち上げた。

「あれはケンカじゃない」

　端的に答えて、佐和紀は薬指の大きなダイヤを見た。華奢な爪《つめ》が二つずつ並び、丸い石の周り四カ所を留めている。

　ダイヤモンドに施されたカットが石の中で反射し合い、透明感のある白に輝いていた。

「いいけどな、ケガするなよ」

「しないよ。けど、ちょっと運転をミスったぐらいで車を蹴られてさ。俺がやらなくても誰かがやるだろ」

「おまえがいたから、あいつらは自重したんだろ……。おまえは我慢しなかったみたいだな」

「よく躾《しつけ》が行き届いた舎弟でよかったな」

「嫁はこれから仕込んでやるさ」

「シンの車、一千万だって言うからさー。カチンと来た」

「そこか」

　笑った周平が、佐和紀の眺めている左手を摑んだ。

「2カラットある」

「小さいと、質屋に入れても金にならないからな！」

「おまえは……」

「こおろぎ組の姐さんの指輪はたいした金にならなくて、流れかけたところを取り戻したんだ。死んだときに、骨壺《こつつぼ》に入れた」

「ダイヤで人を殴るなよ。特に三井な。それから、火には弱いから気をつけろよ。つけないときは部屋の防火金庫に入れとけ」

「燃えんの？」

「灰になる」

「これ、いくらする？」

「言わない。質に入れられたらシャレにならないからな」

とはいえ、持っていけば市場価値はすぐにわかる。

「何か夜食でも頼むか。敷地内に食べるところもあるけどな」

ビールを佐和紀に押しつけ、バスタオルを取った周平が下着を穿《は》いてから浴衣を着た。

佐和紀が動く前に、さっさと帯を結んでしまう。

「あのさぁ」

佐和紀は部屋の明かりに指輪をかざした。ダイヤは透明ではなく、純白の石だ。

その無垢《むく》な色に、佐和紀は邪気を吸い取られて素直に言った。

「俺のこと、仕込む時間がなくなると思うけど？」

隣の和室でルームサービスのメニューを手にした周平が、腰をかがめたまま動きを止める。

「仕込まれたいのか」

からかうように笑って、周平は身体を起こす。さらりとした返しに、拍子抜けした佐和紀は大股《おおまた》に近づいた。

「さっきのでスイッチ入った」

「何のスイッチだよ」

わかっていて逃げている周平は、息を吐いた。

「エロい顔して……」

伸びてきた手に鼻を摘《つ》まれ、子ども扱いされた佐和紀は無意識に片頬を膨らませた。

「冗談だ、仕込むなんて。躾《しつ》けようとしたって無理だから、俺のところに嫁に来たんだろう」

「何、それ」

「俺じゃなきゃ、幸せにできないってことだ」

恥ずかしくなるようなことを平気で言って、周平が腰に腕をまわしてくる。

おまえの情人が絡んできて幸せじゃないと文句のひとつも言ってやろうとしたところで、周平の携帯電話が鳴った。

「しまった。電源を切り忘れてた」

名残惜しそうに佐和紀の額にくちびるを押し当て、周平は携帯電話をテーブルから取ると、相手を確かめて電源を落とす。

「予定通り、岡崎のアニキ」

「暇すぎるだろ」

「なぁ？　今日は他の組の組長と付き合い酒だって言ってたからな。酔ってるんだな」

携帯電話をテーブルに戻して、佐和紀へと手を差し伸べる。

「来いよ。もっと気持ちいいことしてやる」

「色事師だもんな」

「そういうことばっかり言ってると、本当にゴト師の技を使うぞ」

「え」

「あれがプロの技だと思ってるなら、笑わせる」

隣の部屋に続く襖《ふすま》を、周平が開いた。ぴったりと寄せて敷かれた二組の布団。その脇にはご丁寧に水差しと漆塗りのケースに入ったティッシュが並んで置かれている。

「誰で技を磨いてきたのか、そっちも聞かせろよ」

佐和紀がぼやきながら部屋に入ると、眼鏡をきらめかせて周平が眉根を寄せた。

「嫉妬《しっと》してるのか」

「誰に」

「俺が童貞だった方がよかったか」

「……俺への嫌味か」

言った後で、佐和紀はハッとした。冗談にしようと思っても、反応はきっちりと見られた後だ。取り繕う言葉を探しながら後ずさるのを、周平に追い込まれた。襖が背中に当たる。

「女もなかったのか」

「……ある」

目をそらした後でまた、しまったと思う。

「挿れてみたいか」

「おまえに？」

「それはないなぁ。俺は一生、バックバージンを守らなきゃいけないからな。親の遺言で」

冗談を口にしながら、ゆるく着ている佐和紀の浴衣の胸元に指をかける。

「俺も挿れたくない」

「夫婦の性嗜好《しこう》が一致してよかったな。……もしも女とやりたくなったら俺に言えよ」

「はぁ？　何言ってんだよ。嫌だ」

「佐和紀？　いいか」

指が肌を撫でて、そっと突起をなぞる。佐和紀は息を呑《の》んだ。

「俺は、おまえに関してだけは、異常なほど心が狭い。浮気したら、血を見ることになるからな」

「……おまえこそ」

佐和紀はくちびるを噛んで睨みつけた。

「他のヤツとはやらない約束だ」

「守ってるよ」

即答が怪しかったが、言葉を信じるしかないこともわかっている。

だから、佐和紀は納得のいかない表情を浮かべながら、周平の指を摑んで自分から引き離した。

「おまえだけって決めて嫁に来たんだよ。わかってんだろ。女だろうが、３Ｐなんてゴメンだ。残念だろうケドな！」

最後を強調して言うと、周平はニヤニヤと満足そうに笑う。

「残念だなぁ。女を抱いてるおまえを後ろからヤるなんて、考えただけでも勃起するけどなぁ」

「……おまっ……」

顔を歪《ゆが》める佐和紀を嬉しそうに覗き込み、エロ亭主はさらにニヤニヤ笑う。

「いやらしいことが好きなのに、下品なのは嫌だなんてかわいすぎるだろ。心配するな。ずっと大切に抱いてやるよ。少しずつ開発して、おまえが俺のモノなしじゃ眠れないぐらいにしてやる」

「……」

ぽかんと口を開き、佐和紀は言葉をなくした。

言えない。絶対に言えない。たった二ヶ月でほとんどそれと同じ状態だなんて、周平を喜ばせるだけで恥ずかしくて知られたくない。

「なぁ、わかってるのか、佐和紀」

「な、何が」

「おまえが色事師だってバカにする俺が、どれだけ気を使って加減してるか」

「しなければいいだろ」

強がりを見透かして、周平は眼鏡のレンズの奥で瞳を眩《まぶ》しそうに細めた。

「……逃げられたくないんだよ」

つぶやいた小さな声は、佐和紀の耳に届く前に、玄関からの悲痛な呼びかけにかき消される。

「今、なんて？」

聞き返す佐和紀に苦笑して、周平はその場を離れた。

隣の和室を抜けて、畳廊下へ続く襖を開く。

「おまえら、わかってんのか」

ドスの利いた一喝は、関係のない佐和紀の胃袋さえキュッと苦しくさせるほどの威力があった。

「すみません。本当に、すみません」

謝り倒しているのは岡村だ。

「組から連絡が入っていて」

「女将には取り次がないように言ってる。おまえらも携帯の電源、切っとけ」

「それが……」

「シン、おまえなぁ、それぐらいの気が回らないのか？　あぁん？」

「勘弁してくださいよ。若頭があやめさんのところに電話してきて、アニキの携帯の電源を入れないと今から行くって言ってるらしくて」

「はぁ？　あやめは？」

あやめというのは、宴会に来ていた周平の馴染みの芸妓だ。

「申し訳ありません。私の方で止めておくつもりでしたけど、横浜から二時間ですし……」

弱い女の声がした。

「来ないだろう」

そう思っていても二人が部屋まで来たということは、岡崎がよっぽど迷惑をかけたのだろう。

「だいたい、二時間の間に一発終わる、……佐和紀」

「それ以上言ったら、俺が帰るからな」

畳廊下を覗き込んだ佐和紀を見て、岡村とあやめが申し訳なさそうにこうべを垂れる。

「あ、電話です」

あやめの手にしている携帯電話が鳴り出し、周平はそれを受け取った。

「もしもし？　ええ、俺です。お疲れさまです。なんですか？　ストーカー行為はやめてくださいよ。組の一大事？　そんなことは若頭のあんたがしっかりしてください。俺はあくまでも補佐で。山形《やまがた》組長がご機嫌ななめ？　そうですか、それは週明けにでも謝りに行きましょう。もういいですか」

穏便に対応している周平の声に苛立《いらだ》ちが見え始める。

「アニキ、言っておきますけど、こんな電話しても、もうハメた後ですから。意味ないですよ。怒鳴らないでください。……そうですよ。今日もイキまくりで、かわいかったですよ」

周平の言葉に、佐和紀はわなわなと震えながら襖にすがりつく。

「姐さん」

「ご新造さん、大丈夫ですか」

声をひそめた岡村とあやめの呼びかけに、佐和紀は気を取り直した。

「貸して」

言うなり、周平の手から携帯電話をもぎり取る。

「もしもし？　佐和紀です。……うっさいんだよ、酔っ払い。あんたは昔から、酔うと、うっとうしいんです！　これ以上、まわりに迷惑かけたら、京子《きょうこ》さんに言いつけますよ」

岡崎の妻は友人たちと京都へ桜見物に出かけている。それがいっそう岡崎の悪癖に弾みをつけているのだろう。

「え？」

佐和紀は眉をひそめた。

「そういうことを、聞くか！　あんたは！　死ね、ほんと死ねよ。っていうか、帰ったらぶっ殺すからおぼえとけ」

「佐和紀」

激昂《げっこう》して怒鳴り散らす佐和紀の腕を、周平が摑んだ。

「落ち着け」

と言われても、そんなことは無理だ。

「あぁ、そうだよ。悪いか。気持ちいいんだよ。おまえらと違って！　イク前に抜かれて、こっちはむかついてんの。ってか、もう昔のことは忘れろ。俺がおまえの嫁だったことは、過去にも未来にもない！　死ね！」

一息に言って、通話を切った。肩を上下させながら、三人をぐるりと睨みつける。

「あいつ、帰ったら殺す」

あやめに携帯電話を返して、佐和紀は踵を返した。

「二人とも、聞かなかったことにしとけ。まだこれからだ」

周平が余計な一言を付け加えているのが聞こえてきて、また取って返して耳を引っ張った。

「じゃあ、さっさと来いよ！　おまえら、聞いてるなよ」

「また明日な。あやめ、埋め合わせは岡村に言え」

和室へ引っ張り込まれた周平はなおも笑う。

「アニキ、落ち込んでるだろうな。……何を聞かれた？」

「言いたくない。っていうか、あいつは何を考えてんだよ」

「おまえのことだろうな」

一枚板のテーブルに腰かけて、周平はタバコに火をつける。

「京子さんがいるのに」

「それとこれとは違うらしい」

笑いながら、煙を吐き出す。周平は、ムードが跡形もなく吹き飛んだことなど、気にもしていない。佐和紀は反対だ。落ち着かなかった。

まだおき火はくすぶっている。しかし、先ほどの誘いだけで佐和紀には精一杯だ。もう一度やれと言われてもできそうにない。しかたなく、テーブルに座る周平の足元に膝をついた。

「あの人の思惑通りになると癪《しゃく》だな」

佐和紀の髪に触れて、周平が言う。

「……嫁らしいことしてやるよ」

視線をそらして、佐和紀はくちびるの端を片方だけ上げた。

ドギマギしている本心を悟られたくない。

浴衣の裾の間から見える膝に手を伸ばすと、タバコを消した周平に止められた。

「じゃあ、させてやるよ。嫁らしいこと。……立って」

促されて立ち上がると、腰のリボンが結んだ本人にほどかれる。

重ね合わせていた浴衣が開いた。

「下着、つけてなかったのか」

「どっか、やっただろ。おまえが」

「そういう問題か？」

下半身に視線が注がれても佐和紀は恥ずかしくない。周平の手に持ち上げられ、やわやわと揉まれて目を細めた。

身体の中心に熱が集まり、息が漏れて、ようやくかすかに身をよじった。

「佐和紀、殴るなよ」

周平が声に笑いを滲ませて念押ししてくる。募り始めた気持ちよさに、眉をひそめて視線を向けると、柔らかな芯を持ち始めた佐和紀の先端に、周平のくちびるが押し当たった。

初めてされる行為に驚いて逃げかけた腰を引き戻される。

「待って！」

叫んだところで止まる相手ではない。

先端を口に含まれ、ゆっくりと根元からしごかれる。

「あ、っ……」

生温かい感触に、佐和紀は震えながら周平の肩に手を置いた。

意地でも立っていようと思うのに、根元から裏筋をねっとりと舐め上げられ、膝がガクガクと笑いそうになる。

「風呂に入ったから、味がしないのか……」

舌で形をなぞられ、反応する屹立《きつりつ》に息を吹きかけられると、たまらない恥ずかしさに佐和紀は手の甲を噛んだ。

「……ふっ、……んく……」

こらえる息でさえいやらしく響き、思わず殴りそうになる手で周平の肩にすがった。

「嫌だ……、もうっ、いやだ……」

腰をよじりながら逃げようともがく。

「気持ちいいだろ？　挿入する感覚……」

愛撫《あいぶ》に濡れた性器を握った周平がいつもの調子で顔をあげ、言葉を詰まらせた。

「泣いてるのか。どうして」

「ちがっ……」

泣いてはいない。息が整わないだけだ。呼吸をしようとするとしゃくりあげてしまい、泣き声のようになる。

「立って、られな……」

「ほんっとに、おまえは罪作りだよな」

言うなり立ち上がった周平は佐和紀を肩に担ぎ上げた。

「暴れるなよ。……よくもアニキが手を出さなかったもんだ。俺にとっちゃ、ラッキーだけど」

周平は軽々と移動して、足で掛け布団を器用に蹴り上げ、佐和紀の身体をそっと下ろした。

「もう、いい……」

逃げようと試みた身体にのしかかられ、硬いままの屹立を掴まれた。

「ダメだ。おまえがスイッチを入れたんだ。止まれない」

「そんなの……切ればいいだろ」

「切ったら、暴走するだろ」

笑う息が茂みにかかり、佐和紀は腕で顔を覆ってのけぞった。

くわえられ、舌を使いながらくちびるでしごかれる。

「あぁッ！　あ、あ、……いやっ」

甲高い声で身悶《みもだ》え、足先まで熱くなる。肌がじっとりと汗を滲ませ、腰がときどき痙攣《けいれん》するように激しく揺れる。

自分の身体が自分のものでない感覚と、遠いところから押し寄せる快感に翻弄《ほんろう》された。

反応を確かめながら吸ったり舐めたりを繰り返す周平が、屹立の下の柔らかな袋をかすかに爪で掻いた。

「ぁ、……くぅ……。んっ……。周平、周平ッ！」

白いシーツを足先で繰り返し蹴りつけ、佐和紀は両腕を顔に押しつける。乱れた息が喉に突っかかり、しゃくりあげるような音になった。

「イきそうか」

「わ、かんな……ッ。もう、イヤだ……、いや」

イキたくて焦れているわけではない。それよりも、もっと大きな快感の波が、佐和紀の理性を剝《は》がしていく怖さだ。

「こらえるからだ」

上半身を起こした周平に、性器を摑んだままで鎖骨を吸われる。

「ふっ、ぅ……、うぅッ……」

涙が浴衣の袖を濡らす。

「おまえの中に入っていいか」

苦しそうな声で周平が言った。佐和紀は顔を隠したままで首を振る。

「いやっ……」

あれほど挿入にこだわってきたのに、いざとなると怖くなった。周平が与えてくる快感は、いつも佐和紀の想像を軽くひとまたぎする。

「そんなふうに泣いて、男が煽《あお》られないと思うのか」

周平が唾液《だえき》で濡らした指を、佐和紀の後ろにあてがった。ぬくっと入り口にねじ込まれる。

「周平ッ、ダメ……。ほんとに、俺……ッ」

佐和紀は顔を隠していた腕をほどいて、上半身を起こした。

「それとも、指を挿れたまま、口で抜いてやろうか」

差し込まれた指が、くいっと内壁を掻き、そのままぐるりと動かされる。佐和紀は声にならない声をあげて、後ろ手に身体を支えてのけぞった。立てた膝が震える。

もう睨む気力もなく倒れ込むと、周平は指を増やしてゆっくりと出し入れを始めた。

息を切らしながら、佐和紀は蕩《とろ》けていく。周平の指をくわえた場所が緩み、温かい口で愛撫される屹立は今にも弾けそうだ。

「あ……っ、あっ……」

じわじわと熱が身体中を巡り、佐和紀は興奮している自分に気づいた。

それを周平に知られるのが恥ずかしくて、感情を否定しようとするたびに苦しくなる。

「うっ、……はぁっ。……うぅっ……」

射精したい感覚で頭の中がいっぱいだ。止めようとしても腰が動き、指でこすられている内壁が締まった。

佐和紀は感極まって声をあげた。

同時に吸い上げられていた性器が弾けて、精液が勢いよく飛び出ていく。

「あぁ、あぁッ……！」

佐和紀は身をよじった。温かく濡れた内壁に先端をこすられ、最後の一滴まで吸われて我に返る。

飲まれた。佐和紀が放った精液をごくりと飲み下した周平が浴衣を脱ぐ。

佐和紀は息が乱れて整わず、揺らし続ける腰を掴まれた。指でわずかに開かれた場所に、今度は熱がねじ込まれる。痛みがなかったのは、放心状態で身体から力が抜けていたからだろう。何度か前後に動いて押し込んできた周平が苦しげに眉をひそめて微笑む。

「熱いな……。もう中もトロトロだ」

舌なめずりしそうなほど楽しそうな周平は、ゆっくりと腰を使う。

押し込まれると苦しさに声が乱れ、引き抜かれて走る痺れに息が漏れる。

やがて周平の動きが激しくなり、佐和紀は眉を寄せて身をよじった。逃げる身体を押さえつける手が背中にまわり、そのまま抱き起こされる。

対面座位で結合が深くなり、周平が緩やかに腰を揺らした。

「うっ……んっ」

迷いなく首にしがみつくと、涙で歪んだ視界に色鮮やかな刺青《いれずみ》が見える。

「苦しいか？」

「……いい……きもち、いっ……」

　鮮やかな牡丹の花に頬をすり寄せながら、佐和紀は熱い息を吐き出した。射精した後の疲労感に残る淫猥《いんわい》な感情が揺り起こされる。

「あ、……はっ……」

のけぞる喉元にくちびるが押し当たり、抱きかかえられた腰を揺らされると、佐和紀は甘い声をあげて目を強く閉じた。周平が耐えきれないように小さく息を漏らし、片手で佐和紀の髪を摑んでくちびるを深く合わせた。

　舌が絡み、嬌声も喘ぎも奪われる。

「ん、ん、んんっ……」

　リズミカルに突き上げる周平が、くちびるを瞬間だけ離して呻《うめ》いた。弾ける律動に震えながら、背中を抱かれた佐和紀は詰めていた息をゆるゆると吐き出す。

「はぁ……ッ」

　周平の首にまわした手をほどかず、指で刺青をなぞりながら呼吸を繰り返した。

　甘い充足感に満たされた顔を覗き込まれ、セックスの最中も眼鏡をはずさない周平を見つめる。

「……周平」

　呼びかけると、レンズ越しに瞳が細くなった。優しい表情で微笑まれて、泣きたくなる。

それが相手の重荷になるのだろうかと思いながら、人前で泣くことに慣れていない佐和紀は涙を止められずに惑い、周平の肩に頬を預けた。

「気持ちいいよ、おまえの中は」

低い声が笑う。

「褒められても……嬉しくない……」

悪態をつきながらも、佐和紀は足の上からどこうとしない。

「内風呂でシャワーだな。つい、中出しさせられた」

「させてはないっ……」

抱きついたまま唸《うな》る。

「させたも同然だろ。よすぎるんだよ、佐和紀」

「嬉しく、ない……」

周平も腕を放すつもりはないらしく、繋がったまま、お互いの汗が冷えてくるまでしばらく抱き合っていた。

＊＊＊

「おまえでもダイヤモンドには目が眩《くら》むのか」

どこかで聞いたような台詞《せりふ》が投げかけられ、庭の東屋《あずまや》で将棋の棋譜並べをしていた佐和紀は顔をあげた。大滝組組長の屋敷も、二週間前に泊まった和風旅館と同じで三千坪を超える敷地があり、中心に据えられた母屋と渡り廊下で繋《つな》がった離れが三軒建てられている。

今は、そのうちの一軒を周平と佐和紀が、もう一軒を組長の娘婿の岡崎と京子が、そして最後の一際大きな離れは組長の家族が使用している。母屋は広間や仏間、台所に客間などが集まっていて、居住空間というよりは組の本拠地の色が強い。

広い庭は日本庭園の様式で、明治の頃から少しずつ手が加えられ、国の文化財に指定されてもおかしくない美しさだと、佐和紀に棋譜集を貸してくれた大滝組長は話していた。

「死ね」

顔も見ずに答えると、肩越しに将棋盤を覗《のぞ》き込んでいた岡崎が向こうに回って、駒《こま》を打った。

「やめろよ」

盤から取り上げたものの、結局置くところは一緒で、佐和紀は相手を睨《にら》みながら駒を戻す。

大阪出張へ出ていた岡崎と会話を交わすのは二週間ぶりになる。

「おまえのおかげで、俺と周平は将棋の相手をせずに済んで大助かりだよ」

佐和紀が次の手を打つと、岡崎も打ち返してくる。今度は棋譜とは別の場所だ。

本を閉じて、次の手を打った。岡崎が強いことは知っている。こおろぎ組に入った頃、詰め将棋の解き方を教えてくれたのは、暇を持て余していた岡崎だ。

「熱海はどうだった」

「それはもう、しっぽりと」

顔をあげずに答えると、岡崎の手が止まる。

「言うようになったな。そうか……何日ぶりのセックスだったんだ。久しぶりに挿入されると気持ちよかったか」

まるで東屋の脇《わき》に咲く牡丹《ぼたん》の花の美しさでも褒めるように、岡崎が笑った。

「本当に、死んでくれませんかねぇ……！」

佐和紀は舌打ちして顔を歪《ゆが》める。

「おまえとヤれたら、死んでもいいけどな」

冗談とも本気ともつかないことを飄々《ひょうひょう》と口にされて、佐和紀は可笑《おか》しくなって肩を揺らした。

「その前に、俺が死ぬ」

佐和紀の人生に他人からのセクハラ発言は日常茶飯事だ。むかつくし苛立《いらだ》つが、岡崎と話していると昔のこおろぎ組にいるような気がして、心が和む瞬間がある。

岡崎のからかいは粘着質だが、大滝組長と京子の存在が彼の心のストッパーになっているらしく、本気で迫ってくるような素振りはない。

「なんで、久しぶりって知ってるんだよ。もしかして」

佐和紀の言葉に、岡崎が笑う。

「うん？ 周平が俺に話してる？ それともカメラをつけてる？ どっちが可能性高いと思う」

「どっちでもいい。関係ない」

「聞いたのはおまえだろう」

「どうでもよくなった」

次の手を打ち、岡崎を待つ。

「嘘《うそ》つけよ。……おまえを見てればわかるんだよ」

「……」

佐和紀は黙って顔を手のひらで撫《な》でた。

まさか物欲しそうな顔で周平を見ているのだろうか。そう思うと、背筋がぞっと凍りつく。

旅行から二週間。リビングで胸元に手を入れられたり、布団の中で触り合ったりしても、挿入はまたお預けの状態だ。

気持ちはいいし、射精感に満足はある。しかし、いつも何かが物足りないのが事実だ。

「相手してくれない旦那《だんな》に嫌気が差したら、俺に言えよ。何もかも面倒見てやる」

「……また、それか」

最終的に行き着くのはいつもそこだ。

ため息をつくと、岡崎が将棋盤の上を乱して佐和紀の手を握った。

「崩れただろ」

顔をしかめて返す。

「たかが将棋だろうが」

「手を離せよ」

「俺と二人きりになるのが悪い」

「追いかけてきて、よく言うよな」

「なぁ、触らせろよ」

指の一本一本を確かめるように触られて、佐和紀は手を振りほどいた。

「今、触らせた」

「ふざけんな。大人同士の話だろ」

岡崎が身を乗り出す。

「言ってることが、ガキ以下のあんたに言われたくない。っていうか、全然っ、困ってないから。温泉の中でも外でも、たっぷりやってきて、しばらくはいらない」

「……おまえ、淡白なんじゃないか？　あいつはどうだろうな」

ニヤニヤと笑っているような声に、ぷいっと顔をそらした佐和紀は内心、くちびるを噛《か》みたい気持ちになる。

視界の端にちらつく牡丹の花の色に、周平の刺青《いれずみ》を思い出した。唐獅子《からじし》の体毛の一本一本が風にそよいでいるような絵は躍動的で、周平の背中の形とよく似合い、花の色は艶《つや》めいて男振りをいっそう見栄え良くしていた。

「それ、どういうこと？」

不安を感じて振り返った佐和紀の肩を、そっと柔らかな手が摑《つか》んだ。

「どういうことでもないわよ」

低木の陰から現れた岡崎の妻・京子が、続けざまにあきれた声を旦那に投げる。

「口説くにしても、もっと上手な方法があるんじゃないの？　それじゃあ、小学生が好きな子の髪を引っ張るのと同じレベルよ。見ていられないわ」

岡崎が佐和紀に執心することをなんとも思っていない京子は、淡い色の訪問着の袖を揺らしながら衿《えり》を正した。

「そのレベルが旦那だと思うとうんざりしそう。どうせなら男らしく決めて、周平さんと決闘でもなんでもしなさいよ。ねぇ、佐和ちゃん。あんたから言ってやりなさい」

「……イヤです」

本当にそうなったら困る。

「あぁ、そうね」

京子は軽い口調でにっこり笑った。

「もうそろそろ時間よ。用意を手伝おうか」

「そんな時間ですか。すみません」

あわてて駒を片付ける佐和紀と、かたわらに立つ京子を、おもしろくなさそうに眺めている岡崎がベンチに後ろ手をついてのけぞった。

「なー、佐和ちゃん。俺とも二人でどこか行こうか。温泉とか、温泉とか、温泉とか」

「あんたが佐和ちゃんとか言うな。ボケ、カスッ。死ね」

感情のままにまくし立てた佐和紀は、ハッと我に返って手のひらで口を覆った。

「すみません、姉《ねえ》さん」

隣に奥さんがいることをすっかり失念していた。

「いいのよ。あんたに罵《のの》られたら、それだけで二週間は気力が持つらしいから」

笑い飛ばした京子に促されて、佐和紀は去り際に岡崎に向かって『あっかんベー』をする。

「大サービスねぇ、つけあがるわよ」

京子はケラケラと声をあげて笑い、佐和紀は肩をすくめてみせた。

舎弟の三人は佐和紀の相手をする他に、それぞれ組の仕事を別に持っている。だから、京子と出かけることも少なくない。一ヶ月前からは特に、京子の習っている教室に誘われて華道と茶道を始めたので、一週間に二日はもう予定が入っている。来週からは書道も始めるつもりだ。

学校で習う勉強は好きじゃないが、趣味の習い事に抵抗はない。周平の恥にはなりたくないという気持ちに下支えされて、少しでも評判を良くしようと佐和紀なりに考えているのだ。

教室でいけ好かないセレブ主婦と張り合っている京子は、佐和紀を連れ歩くことで相手に水をあけることができ、最近は上機嫌に輪がかかっている。

だから、岡崎が少しぐらいハメをはずした発言をしても、笑ってやり過ごせるのだろう。

「今日も、あの女が張り合ってきそうですか？」

「きっとね。でも、佐和紀ほど綺麗《きれい》なツバメは見つけられないわよ」

あははと大声で笑って、揃《そろ》えた手の指をひらひらさせる。

教室での京子に合わせて、佐和紀も『極道の妻の若いツバメ』を演じている。それなりに楽しんでいた。数々の美人局《つつもたせ》をやりこなしてきた身としては、お稽古《けいこ》ごとより身が入るぐらいだ。佐和紀は京子や教室の先生の迷惑にはならないように、絶妙のさじ加減で正体不明の麗人を演じていた。

「誰《だれ》か連れてきたら、旦那にチクってやるのよ……！」

うふふとほくそ笑む京子の足取りは軽い。

金はあるが、極道者の女だと陰口を言われ続けてきた恨みは相当に深い。

「その前に、俺に惚《ほ》れたらどうしましょうか」

佐和紀が笑うと、京子が真剣な顔で腕組みをした。

「そっちよー、あのバカならあるわー」

「転がしますかー」

「佐和ちゃん、悪い顔してるわよー。周平さんに、お姉さんが怒られちゃうわよ。でも、おもしろい方に転がるしかないわよね！」

かりそめの姉弟《きょうだい》は肩を寄せ合って、人の悪い笑みを浮かべる。

佐和紀もよそいきの着物に着替え、京子の運転で教室へ向かった。

セレブ主婦はあからさまな嫌味を言うことから佐和紀へすり寄る作戦に変えたいらしく、京子がいなくなると途端に猫撫で声で話しかけてくる。佐和紀は穏やかに微笑《ほほえ》みながら、心の中で思いきり舌を出していた。セレブ主婦がモーションをかけてくる雰囲気は濃厚だ。そんなこんなで今日も、傍《はた》から眺めているにも楽しいつばぜり合いを堪能《たんのう》した。教室が終わった後は、都内での買いものに付き合う。

春めいた街は暖かく、道を行き交う人々もコートを脱いでいる。

佐和紀は羽織の紐《ひも》を弄《もてあそ》びながら店の外のガードレールにもたれ、ショーウィンドウ越しにどちらの服がいいか聞いてくる京子に指で答えた。京子は試着をしてくるとジェスチャーで表現して店の奥に消えていく。

路面に建つ高級ブランド店だから、今日の身なりなら中で待っていても問題はないのだが、長く染みついた習性は一朝一夕にはどうにもならない。金色のジャージを着て、肩をそびやかしながら歩いていたチンピラの自分が頭の中に焼きついていて、高級店では落ち着かないのだ。

その代わり、外で待っている間、通行人がしきりと視線を送ってくることは気にならない。

どんな服を着ていても人の目を引く。悪い意味でも、良い意味でも。確か、三井がそんなことを言っていたと思い出しながら、佐和紀は道の向こうを何気なく振り返った。

車の往来は平日でも多い。信号待ちをしている車の列の向こうに、見るからに高価なイタリア車が見えた。メタリックの入った青い色。流れるようなフォルム。車高の低い、コンバーチブル。

周平が乗るプライベートカーと同じだ。都内でも稀《まれ》な高級車の持ち主を見てやろうと、野次馬根性で背伸びをした佐和紀は、車の脇に立つ男の姿に思わず頰《ほお》を緩ませた。

端整な顔。広い肩幅。腰から上がすっきりと伸びた、姿勢の良い立ち方。

朝、見送ったばかりの周平がそこにいた。

呼びかけるには車線の数が多くて距離がある。どうしようかと迷ったとき、信号が変わった。停《と》まっていた車が一斉に走り出す。今まで見えなかった人の影が、周平のそばにあるのに気づいた。佐和紀よりも背が低い。明るい茶色の髪に、大きな瞳《ひとみ》。

三つ揃えのスーツの上着を脱いでいる周平のベストに触れ、手を動かした彼の視線が、偶然に道路越しの佐和紀を捉《とら》えた。明るい色の御召は地味な大島紬《おおしまつむぎ》なんかよりよっぽど目立つのだろう。佐和紀から視線をそらし、周平を見上げる少年の目に媚《こび》が浮かぶ。遠くからでも手に取るようにわかり、佐和紀は苛立ちを抑えて背を向ける。

自分以外は助手席に乗せたことがないと言っていた、青いコンバーチブル。

特別だったのにと思った瞬間、胸に突き刺すような痛みを覚えた。

このまま道路を突っ切って、周平もあの子どもも殴ってやりたい。そう思いながら振り返った先には、もう車は停まっていなかった。

「周平なら帰ったよ。仕事、忙しいから」

声がして、佐和紀は静かに振り返る。いつのまにこちら側に来たのか。都会に慣れていそうな少年が自信満々の顔で笑っていた。確か、名前はユウキ。

「何してんの？　こんなとこで」

「別に」

そっけなく答えると、ユウキはずうずうしく隣に並んでくる。彼は道路を眺め、佐和紀はブランド店の奥を見るともなく見つめる。

「周平が言ってたよ」

勝手に話し始める声は甘く、佐和紀よりも高い。

「嫁はセックスがつまらないって。……っていうか、あんまりやってないんじゃないの？」

いきなり図星を突かれて、佐和紀は不覚にも言葉を失った。車の助手席のことを引きずっていたせいだ。

「周平ってさー、すっごい上手でしょ？ それに、絶倫なんだよね。もう一日に何回もできちゃうし、それが当たり前。お互い、疲れるよねぇ。もう出ないのに、触られるとさぁ、……感じちゃうし」

ユウキがわざとらしく、あれ、と言った。首を傾《かし》げながら顔を覗き込んでくる。

「やっぱりヤッてないんだ。道理で……ね」

含みのある言い方で、なまめかしく笑う。

「溜《た》まってるって感じだったな。イライラしてて。まぁ、僕が面倒を見てるから、問題ないんじゃゃない？」

「何が言いたいんだ」

佐和紀は殴るぞと言いたいのをこらえて、ユウキを睨みつけた。さすがにたじろいだユウキはくちびるを噛んで、気を取り直すように前髪を指で摘《つ》まむ。

「一回は別れ話したけど、なんか、取り消しみたいだから」

にこやかに笑う顔に、佐和紀は表情を取り繕わずに眉《まゆ》をひそめた。

周平はあの車の助手席にこの少年を乗せて、ここまで送ってきたのか。それよりも、二人はこんな昼間からどこで何をしていたのだろう。

考えたくない妄想に囚《とら》われて、佐和紀は顔を背けた。

情人《いろ》とは手を切れと言ったのに。

わかったと答えたのは、口先だけのことだったのだろうかと思う。あの男には、どうでもいいことを疑った佐和紀に周平は自分を信じろとは言わなかった。あの男には、どうでもいいことなのかもしれない。自分の嘘を、佐和紀が信じるかどうかなんて。

ユウキを抱く周平の姿は簡単に想像ができて、佐和紀は草履で足元のコンクリートをなぞりながら顔をあげた。

「あんまりイイ気にならない方がいいんじゃないの？」

ユウキが不遜《ふそん》げに言った。まっすぐ見つめてくる瞳はぱっちりとした二重でまつげが長い。

美女と美少年が好みだと言った周平を思い出して、佐和紀の胸はちりちりと焦げつくように痛みを増す。

「組の手前、あんたを大切にするポーズは崩さない人だけど、本心がどこにあるのかは、あの人しか知らないんだから」

「……それがおまえにあるって言うのか」

「僕は特別なんだよ。周平を気持ちよくしてあげられるし、仕事の役にも立てる。あんたみたいに顔だけの人間とは違うから。ヘタクソなセックスに付き合わせる以外に役に立つことあるの？」

佐和紀は呆然《ぼうぜん》と相手を見た。いつもなら手が出るのに、反応しない。

思い当たる節がいくつもあるからだ。

めったに挿入しない周平は、たまに触れても淡白で、佐和紀に何かをさせようとはしない。フェラチオだって、佐和紀がしたのは初夜のアレ一度きりだ。奉仕させないということは、どこかで奉仕させているからだろうかと、そんなことを考えなかったわけじゃない。

「お待たせ、お待たせ〜！」

二人の不穏な空気を知りもしない声が店の入り口からして、佐和紀はすがるような気持ちで京子を見た。

「ん？　あんた……」

紙袋を手にした京子の笑顔がシュッと音を立てるように消える。

「こんにちは。お久しぶりです」

反対に、ユウキはにっこりと笑った。佐和紀を小バカにしていたことなど、表情には微《み》塵《じん》も残っていない営業スマイルだ。

二人は顔見知りらしい。ユウキは、京子が誰の妻か、知っているのだろう。

借りてきた猫のようになっていたが、京子がいつまで経っても自分の笑みにほだされないのを見て、大きく息をついた。

「岡崎さんの奥さんと仲良くしてるなら、周平なんていらないんじゃないの」

二人を見比べて、鼻で笑う。

「そういうのを下衆《げす》の勘ぐりって言うのよ」

京子はあからさまに嫌そうな顔をしてユウキを睨んだ。

「失礼なことを言うな」

佐和紀も鋭い視線を向ける。

「僕は言わないから、バレる心配はないよ。でもそれなら、周平を束縛するのはやめて欲しいな」

「何の話なの」

京子が眉をひそめた。佐和紀を振り返る。

「いえ……」

「周平が欲求不満だって僕に泣きつくから、ホテルでセックスしたところだって話ですよ」

口ごもる佐和紀を横目に、ユウキははっきりと言った。

「殴ってやれば？　佐和紀」

京子が短く息を吐き出して、斜に構える。

「え？」

「え、って。あんた……」

自分が身体《からだ》の脇で拳《こぶし》を握っていることに気づいて、佐和紀は息を吐いた。

「まぁ、周平の好みはコイツみたいな感じだろうし」

「何、言ってんの！　こんなドラ猫に騙《だま》されてどうすんのよ！」

「殴りたければ殴れば？　でも、僕が仕事できなくなったら、困るのはそっちの旦那たちだと思うけどね」

「あんたね、男娼《だんしょう》の分際で何を言ってるの」

京子が凄《すご》んだ。

「その男娼がいなきゃ、政治家センセと話もできないのが、現実なんだから、女は黙ってれば？」

「周平さんが男と結婚して、ずいぶんとショックみたいだけど。元から遊ばれてるのは、あんたの方よ。続いているっていうのも嘘でしょ。私は騙されないわよ」

「騙してなんてないですよ。現にそこに突っ立ってる男じゃ、周平は満足できてないんだから。それに、男同士で結婚なんて、養子縁組しただけだろ。そんなことは僕だってできるんだよ？　紙切れだけの関係で周平を縛ろうなんて甘いんだよ」

ユウキはあごをそらすようにして、佐和紀を見つめてくる。

「まぁ、あんたは家を守って、義務のセックスをしてもらえばいいよ。僕は周平を束縛したりしないから」

「あんた、何が言いたいのよ！　この子が殴らなくても、私が殴るわよ！」

大通りの真ん中で、京子が叫んだ。佐和紀は一斉に集まる通行人の視線さえも気にならず、ユウキとなら周平はどんなセックスをするのだろうかと、それればかりが気になってしまう。

自分のように、イヤだイヤだとそればかりを繰り返すセックスは、やはり稚拙で周平には物足りないに違いない。しかし、周平が自分以外を抱いていることを想像すると虫酸が走る。

ぞわぞわと身体中の毛が逆立って、ひどく破滅的な気分だ。何よりも佐和紀自身を苦しめているのは、あれは俺の男だと啖呵《たんか》を切る勇気も勢いも持てないことだった。

数日抱かれないだけで傷つき、抱かれても、快感を返せないことに傷つく。

対等でありたいと願っても、実際は何の役にも立てない。

妻になった以上は、舎弟たちのように表立っては動けない。せめて、床の中では満足させたいと思うのに、色事師よりも手馴《てな》れているだろう周平が相手では、性的経験の乏しい佐和紀にできることはない。それどころか感じすぎて、周平を楽しませる前にリタイヤしてしまっている。

だから、ユウキとよりを戻そうとしてもおかしくはなかった。それが佐和紀にバレなければいいのだし、バレたところで周平が困ることなんて元からない。

佐和紀は無意識にエンゲージリングのダイヤを指でいじった。

周平からプロポーズまでされて、何度も大切にすると言われているのに、少しも相手を信じられない。大切にされることに慣れていないからだとは気づかなかった。

だから、傷つけられた方がマシだと思う。

きっといつか、周平は自分を裏切る。他の誰かと比べられて負ける日が来る。

そのときに傷つくぐらいなら初めから大切になんかされずに、強引に何もかもを奪われた方がいい。泣きながら追っていく方が自分には合っている。

「腹の立つガキね！　これ、見なさい」

京子が佐和紀の左手を摑んで、エンゲージリングの輝く指をユウキに見せつけた。

「周平さんがこの子のために二ヶ月かかって探させたダイヤよ。あんたにはわからないだろうけど、色もカットもクラリティも最高級なの。郊外でマンションが買える値段よ」

京子の啖呵に後ずさったのは佐和紀の方だ。

「こういう反応をする相手に、それでも周平さんは恥ずかしくないようにって用意したのよ。こういうことをしてもらってから、大きいことは言いなさいよ」

「それだって、嫁をよく見せたい周平自身のためじゃないか！」

ユウキが顔を引きつらせて叫ぶ。

「そうよ。だからでしょ。周平さんはこの子を自分の嫁だと決めてるの。生涯を共にするって誓ったから、けじめのために自分の気持ちを用意したのよ」

京子が一歩前に出た。

「あんたが吠《ほ》えたって、何の意味もないわ。でも、新婚夫婦をかき混ぜる真似《まね》もやめてちょうだい」

「その程度だろ」

ユウキは食い下がろうとしたが、佐和紀にちらりと目を向けて、興を削《そ》がれた顔になる。

「……あんたさぁ、そんなんでホントに周平に惚れてんの？　さっきから突っ立ってるだけじゃん。そういうのが、一番むかつく。僕の方が、周平とは付き合い長いのに！　とにかく、僕の方が好きな気持ちが大きいってこと、言っておくから！　絶対に、周平と別れたりしないから！」

去り際にびしっと指を向けられ、佐和紀は放心したままでスタイルの良い後ろ姿を見送った。京子がやれやれと言いたげにため息をついて、顔を覗き込んでくる。

「そんなあからさまにショックを受けた顔して、どうするの」

「してますか……」

「してる。ちょっといらっしゃい。そこのカフェに入ろう」

腕を引っ張られて、手近な喫茶店に連れ込まれた。

静かな店内にはムードのある音楽が流れている。

「周平さんは指輪の値段、言わなかったでしょう」

二人分のコーヒーが運ばれた。京子は砂糖とミルクを足して、銀のスプーンで混ぜた。

「あんな子どもが何を言ったって気にすることないのよ」

困ったように眉を下げて、優しい口調で言う。

「向こうも自信がないから、あんたに突っかかってるの。そうじゃなきゃ、わざわざ来ないわよ」

「そういうもんなんですか」

「そうよ。私の経験上はね」

ふふっと軽やかに笑って、京子は佐和紀にもコーヒーを勧める。

「いただきます。……岡崎にも愛人がいるんですか」

「まぁねぇ、いたりいなかったりよね。たまに乗り込んでくるのがいるけど、気にならなくなったわ。結婚生活が続くと、それなりにお互いがわかるものよ。佐和ちゃんはまだ二ヶ月なんだから、それこそ気にしないのよ」

「わかりました」

「あんたはその返事の良さが曲者《くせもの》ね」

佐和紀はなんとも言えずにコーヒーカップに口をつけた。

「周平さんは付き合いが派手だったからねぇ。あの子一人とは限らないわよ」

「慰めになってないです」

「慰めてないわよ。あの、ユウキって子は、周平さんが仕切っている中でも別格なのよ。情報を引き出すのが上手でね。まぁ、おっさん相手にウリをしてるんだけど、相手が高級なの、いろいろと。だから、あんな態度に出られるんだけど……。周平さんの責任だわ」

京子はテーブルの脇のメニューを引き寄せると、ケーキのページを開く。

「でも、一番戸惑ってるのは、周平さんなのよ」

勧められて佐和紀はショートケーキを頼む。いつもそれねと笑いながら、京子はチーズケーキを選んだ。

「だってねぇ、いまさら本気以上になる相手ができるとは思わなかったのよ」

言いながら、京子は楽しそうに笑いを嚙み殺した。

「その指輪、二千万を超えてるのよ」

「嘘でしょう」

「ホントよ。でも、それ以上してると思うわ。同じ2カラットがその価格だったけど、グレードが違うのよ。二ヶ月で見つかったことが奇跡だって、担当者が息巻いてたわ。それって、周平さんにとっての佐和ちゃんそのものなんだろうと思ったわよ……」

「意味がわかりません」

佐和紀は真面目《まじめ》な声で返した。

「ねぇ？　そうよねぇ？　あんたはそういう子よ。あのプレイボーイの運命の相手が、あんたみたいにウブだとは誰も想像しなかったわ。周平さんもね」

「プレイボーイなんですか」

「もう返上したでしょ。運命の相手ってとこに異存はないの？」

「突っ込みようがないです」

「そっかー。そうよね。佐和ちゃんにとっても、運命の相手でしょ？」

にっこりと微笑まれて、佐和紀は反対に顔をしかめた。

「わかりません。身体が、先走ってる気もします」

「……あらあら」

ケーキがテーブルに届けられる。

「それでも手加減してるんだって、岡崎がニヤニヤしてたわよ。周平さんも怖いのよ、きっと。今までの自分のやってきたことがよろしくないってわかってるから、そのあたりを悟られたくないんじゃないかしら」

「どういうことですか」

「たくさん抱いてきたと思われて傷つけるのもイヤだし、迫りすぎて引かれるのもイヤなんじゃない？　誰だって好きな相手には嫌われたくないのよ」

「嫌いになるって誰がですか」

「ん？」

チーズケーキに当ててたフォークを止めて、京子が顔をあげた。

「佐和ちゃん？　……考えたこともないのね。本当に、周平さんは幸せ者よね。惚れた相手に、こんなに想われて。そして、うちの旦那は悶絶《もんぜつ》すればいいわ」

悪い顔をして、京子はチーズケーキを切り分ける。

「俺は……」

うつむいて、目の前のショートケーキの真っ赤なイチゴを見つめた。子どもの頃のトラウマで、ケーキといえば絶対にイチゴのショートケーキだ。

「あいつの考えてることがよくわからないんです」

「愛されてる実感がないってこと？」

「愛されるって何ですか、ね」

うつむいたまま問いかける。

「佐和ちゃんに必要なのは、大切にされることじゃないのね」

考えていたことを口にされて、佐和紀はまっすぐに京子を見た。まるで実の姉に対するように信頼しきって見つめると、年上の女は優しい顔で笑い返してくる。

「求められることで肯定されるものもあると思うわ」

「それに、さっき、周平はあいつを送ってきてたし。よく、わからない……。助手席に乗せたのは俺だけだって言ったけど、それも嘘だったのかとか、あいつには重要なことでもないのかとか」

「いたの？　周平さん」

京子の問いかけに佐和紀はうなずいた。

「道路の向こうにいたんです。俺には気づいてなかった。ユウキだけがこっちに渡ってきて」

「二人がしてたと思うの？」

「……どうなんでしょうね」

佐和紀はどうでもいいように答えた。考えたくない。

「嫉妬《しっと》してるのね」

「約束を、破られるのが、我慢できないんです」

助手席のことは約束していない。

しかし、他の情人と手を切ることは、周平とセックスする条件だった。その約束を守ってくれないのなら、佐和紀とのセックスを必要としていないということになる。

ふつふつと湧《わ》き起こる怒りを持て余しながら、佐和紀は表面的には静かにコーヒーを飲んだ。

京子もしばらく口を開かなかった。


沈黙の後はいつもの二人に戻ってお茶を飲み、楽しく会話しながら屋敷に戻った。

冬に比べて日は長くなった。早めの夕食をもらった後、佐和紀は母屋の座敷で教室から持ち帰った花を生け直すことにして、花器を前に花鋏《はなばさみ》を手にした。思わずため息が漏れる。

廊下のガラス戸の向こうには、夕暮れに沈んだ庭がまだかすかに眺められた。

こぼれ落ちるような満開の山吹が、夕闇《ゆうやみ》に浮かび上がって咲いている。

佐和紀は新聞紙の上に並べた花の一本を手にして、その根元をわずかに切り落とした。

一人になると、忘れようとしていた感情がどこからともなく戻ってきて、花を花器に挿してぼんやりと眺めてしまう。

嫉妬なのか、約束を反故《ほご》にされたことに憤っているのか。そのどちらでもないような、その両方のような、複雑な感情が入り乱れて気がおかしくなりそうだ。

平常心でいようと思うほどに苛立ちが募るのは、自分らしくないからだ。

今すぐ周平を捕まえて文句をぶちまけたいのに、そうすることが怖くて一歩が出てこない。もしもユウキとの仲を肯定されたら、おまえが口出すことじゃないと突っぱねられたら、佐和紀の心は行き場を失う。

自分の弱さをなじりながら、花をもう一本手にして、無表情に鋏を動かした。

チョキンと小気味のいい音がする。

もう一本。

もう一本。

もう一本。

「えらく、前衛的だな」

チョキン、チョキンとリズムを持って繰り返す音を聞いていた佐和紀は、一番会いたくなかった男の声に眉をひそめた。

視線をあげた先の廊下に、センターラインがしっかりとプレスされた、高級そうな生地のスラックスが見える。周平だった。

佐和紀の膝《ひざ》の周りに、花の頭だけがゴロゴロと散乱している。一心不乱に花の首を切っていたことに気づいて、佐和紀は細く長い息を吐いた。

「……どこに行ってた？　今日」

もったいないと思いながら、鋏を手にしたまま、転がっている花のひとつを手にする。柔らかな花びらはどこか冷たい。

「仕事だ。仕事で」

「ホテルでか、それとも、あいつの家？」

無表情を装って、声にも感情を出すまいとしたが、それは無理だった。

苛立ちはトゲになる。

「何の話だよ。今日は、仕事で都内に……」

いつもと変わらない声で笑い、座敷に入った周平が近づいてきた。

花器と花を前に正座している佐和紀は、生理的な嫌悪感に突き動かされ、腕を水平に払った。

「あっ、ぶねぇ！」

花の枝を落とすために頑丈にできている刃先が宙を切り、周平が叫んでのけぞる。佐和紀は、身じろぎもせずに相手を睨みつけた。

「怖いぞ、おまえ」

「他の情人《いろ》は切る約束だろ」

佐和紀は吐き気を感じた。周平から、どこか甘さを感じさせる柑橘《かんきつ》系の匂《にお》いがするせいだ。その匂いを知っている。間近で話したときに、ずっと身体が感じていた。

ユウキが使っている香水の匂いだ。

「落ち着けよ、話が見えない」

刃物を振り回す佐和紀を怒りもせずに、周平は困った顔で息をつく。その余裕で相手が傷つくことがあると、この男は知らない。

自分の生き方に自信を持っているからこその落ち着きに、佐和紀は奥歯を噛んだ。そんな余裕を感じたことは、生まれて一度もない。ずっと先が不安だった。そして、ずっと過去が悲しかった。

人からされたことや、してもらえなかったことを数えて苦しむのがイヤで、それなら何もかも忘れて生きる方がいいと思って暮らしてきた。根無し草の生き方は、昨日も今日も関係ない。たとえ、今日、誰かを傷つけて、そして誰に傷つけられても、明日になればすべてがゼロに返るとあきらめていたのに。

こおろぎ組の松浦組長に拾われ、明日を与えられて、そして、周平の嫁になって二ヶ月。ずっと考えてきた。いつまで続くのだろうかと。

こおろぎ組は佐和紀がいてもいなくても誰も気にも留めない。気楽さの中に居場所があった。それは組長と二人きりになっても一緒だ。

しかし、周平との暮らしは違う。

おそらく自分は、『居場所』よりも『周平に必要とされる』ことを望んでいる。佐和紀は気づいた。そんな願いは、思春期を迎えるより先に捨てたはずだった。

なのに。

「ユウキと会ってたんだろ。知ってる」

「待て、佐和紀。誤解してるだろ」

周平が手を伸ばす。佐和紀は鋏を振り回して近寄らせずに、後ずさりながら立ち上がった。

「そんなものを振り回すな。ケガするぞ」

「都内で見たんだ！　車の助手席に乗せてた」

自分の声が震えていることに耐えられず佐和紀はくちびるを噛む。

やり場のない感情がふつふつと燃えて、胸がじりじりと焦げついて痛む。

「乗せてない。それは、ない！」

「そんなの、もう、どうだっていいッ！」

佐和紀は感情の激しさを持て余して叫んだ。手にした鋏を、周平へと目がけて投げつけたが、わずかにそれて廊下へと飛んでいく。

鉄製の鋏が、ガラスをぶち破った。大きな音が響く。

肩で息をつく佐和紀も、向かい合っている周平も身じろぎひとつしなかった。

「あんたが車に誰を乗せようが、あんたが誰の上に乗っかろうが、そんなことはどうだっていい。そんなの、俺には、関係ない」

佐和紀は何度も大きく息を吸い込んだ。感情の波に飲まれて、息さえまともに吸えなかった。

おそろしいほど指にぴったりとはまっている指輪を、無理やりに引っ張ってはずしているのに気づいた周平が動いた。

「佐和紀ッ！」

「近寄んな！　知らねぇ！　もう、いい！」

周平に止められるよりも早く、佐和紀は二本の指輪を庭へ向かって投げ捨てた。

「何千万するか知らないけど！　そんなもの、俺は頼んでない！　あんなの、欲しくないッ」

怒鳴り散らして、佐和紀は手近にあった襖《ふすま》を蹴《け》りつける。

「やめろ、暴れるな」

周平は無理に止めようとはしなかった。桟からはずれた襖をあきれたように見る顔の、冴《さ》え冴《ざ》えとした落ち着きが、佐和紀をいっそう悲しくさせる。

止められればもっと暴れてしまうのに、止めてくれないこともたまらなく不満で、佐和紀は花器を蹴飛ばし花を踏みつける。

「何があったんですか！」

部屋に駆けつけた舎弟たち三人を、肩越しに振り返って睨みつけた。

よっぽど表情に鬼気迫るものがあったのか、それとも部屋の惨状に驚いたのか、三人は言葉もなく顔を引きつらせて後ずさる。

「佐和紀が指輪を庭に捨てた。探すから手伝え」

周平は首の後ろに手をやって息をつくと、その場を去ろうとしている佐和紀に気づいてさらに深いため息を吐き出した。

「どこに行くんだ」

「むしゃくしゃするんだよ！」

「これだけ暴れて、指輪まで捨てたんだ。もういいだろう。言い訳は後でさせろ」

「指輪も言い訳もいらない」

「どっちも、なきゃ後悔するのはおまえだろうが。苦労して探す俺らを見てれば気も晴れるだろ。……佐和紀。行くな」

周平は、手負いの獣のように苛立っている佐和紀に触れようとはしない。

「ほっとけよ！　いつも、ほったらかしのくせに。ずうずうしいんだよ！」

「……。誰か、連れていけ」

眉根を寄せた周平が言う。佐和紀は舎弟たちを一瞥《いちべつ》して、スタスタと歩み寄り、ぽかんと口を開いている三井の腕を摑んだ。

「おまえ、来い。どこでもいいから、ヤれるとこ、行くぞ。俺相手なら勃《た》つだろ。足腰立たなくなるまでやらせてやるよ」

「はぁっ？」

三井が目を丸く見開いた。

「じゃなきゃ、半殺しにすんぞ！」

「何、キレてんだよッ！」

怯《おび》えながら仲間に助けを求める三井を、なかば引きずって連れていこうとする佐和紀に、周平が声をかけてくる。

「ふざけるな。岡村、おまえが行け」

一番の安全パイを勧められて、周平を少しでもイラつかせたいだけの佐和紀は地団駄を踏んだ。

「勝手に決めるな！」

「落ち着いてください。姐《あね》さん」

呼びかけられて、反射的に手が出た。

三井との間に入った岡村の顔を殴りつけるように引っぱたいて、佐和紀はその場を逃げ出す。

どたどたと廊下を走ると、岡村の追ってくる気配がした。

「待ってください。車を出します。どこへでもお供しますから」

玄関を出たところで腕を摑んで引き止められる。逃がすまいと両肩に手を置いた岡村が顔を覗き込んでくる。

「じゃあ、ラブホテル。おまえ、無理にでも、勃たせろよ」

吐き捨てるように言うと、髪をサイドで分けて撫でつけ、チンピラよりはサラリーマンに見える岡村は困りきった顔をしかめた。

「どうしてもって言うなら、お供しますし、勃たないこともないですけど……。連れていくだけですよ？」

「そんなの意味ないだろ」

「アニキへのあてつけに俺らとやるなんて、間違ってます」

「じゃあ、あいつはいいのか！」

岡村を突き飛ばした佐和紀は、ちょうど用事でやってきたらしい構成員を睨みつけた。無言で道を空けさせ、屋敷の門を出る。大通りへ向かった。

「何があったんですか。アニキが、何かしたんですか」

「いい！　ほっとけよ。どうせ、おまえらも、あいつの肩を持つだろ」

「姐さん！」

岡村の声を無視して、佐和紀は通りでタクシーを止めた。

車は滑るように道の端に寄る。

拒否する佐和紀の言葉を聞かずに、岡村は無理やり同乗してきて言った。

「俺にも感情はあります。姐さんの役に立ちたいと思ってます。二ヶ月、タモツやタカシほどは一緒ではなかったですけど、俺なりに姐さんに信用してもらおうと思ってきました」

「……」

「じゃあ、俺、当てますよ」

ちらりと視線を向けた佐和紀に、肩をすくめる素振りをした。

「姐さんは、自分で言葉にした方がいいと思うんですけど……。アニキのコレの関係ですよね？」

岡村が小指を立ててみせる。佐和紀は黙った。

「やっぱり」

うなずかなくても、岡村にはわかったらしい。

「じゃあ、相手はユウキですね」

「なんで、わかる」

「ここのところ、アニキを忙しくさせていたのがアイツだからです。自分に言わずに結婚したのが嫌だって、仕事をいくつかドタキャンしたもんで、謝罪だとか埋め合わせだとかで大忙しで」

「そんなにすごいのを相手にしてんの、あのガキ」

「はい。童顔なんで、まだ未成年に見えるでしょう？　そこが人気なんですよ。まぁ、いつまで人気が持つかわからないので、それまでは利用し尽くしたいってのが、組の本音ですね。……姐さんの敵じゃないですよ」

「今日、会ってただろ」

「呼び出されたみたいですけど。俺は一緒じゃありませんでした」

「青山《あおやま》で見たんだ。二人が一緒にいた。それで、ユウキが俺のところに後で来て、周平と……」

「あぁ、いいです。言わなくて。わかります」

そう言いながら、岡村は黙った。

タクシーは佐和紀が告げた通りに繁華街のそばで停まり、岡村が支払いを済ませる。

「周平は、あのガキを抱いてるんだろ。俺と結婚してからも」

「……下手なこと、言えません」

「違うって言わないのか」

「もし、そうだったら、姐さんが余計に傷つくじゃないですか。俺まで裏切るようなこと、自分はしたくありません」

佐和紀は岡村のネクタイを摑んで引き寄せる。

「誰が傷つくか。ボケが」

すごんで手を離す。岡村はイエスと答えたようなものだ。

自分にはわからないなんて嘘だろう。知っているはずだ。知っていて言わない。

それが自分への優しさなのか、周平への忠義心なのか。そんなことは、今の佐和紀にはどちらだっていいことだ。

「俺を抱くか、シン」

佐和紀は、乱れたネクタイを直してやりながら、長身の相手を見た。

蛇に睨まれた蛙《かえる》のように固まった岡村が視線をはずし、そしてまた見ては視線をそらす。

佐和紀は自分がどんな顔をしているのか、まったくわかっていない。

白い頬は淡く色づき、怒りで鋭くなった目はかすかに潤んでいる。

命を懸けてでも手を出してしまいそうだと、岡村が迷い悩んでいることも知らずに、佐和紀はふいっと顔を背けた。

「もういい」

「姐さん！　ケンカはやめてください！」

「じゃあ、おまえが俺に殴られるか」

佐和紀は挑むようにあごをそらして笑った。


「もう、その辺にしときましょう」

大の男が三人、裏路地の汚れたコンクリートの上で転がり、ある者は気を失い、ある者はのた打ち回って助けを請うている。

これ以上は死人が出そうだと肩を摑んだ岡村は、条件反射で動いた佐和紀から裏拳とみぞおちへの膝蹴りのコンボを繰り出されて、息を詰まらせながら膝に手をついた。

「動き足りねぇ」

佐和紀はゆらりと首を振る。着流しを尻《しり》っぱしょりにした下に丈の長いボクサーパンツの裾《すそ》が見えていた。膝が少し泥で汚れていたが、あたりに転がる男たちほどボロボロの姿ではない。

三人を相手にするぐらいで、佐和紀が地面に転がることはほとんどなかった。

「次、行くか」

「勘弁してくださいよ」

佐和紀の裏拳を食らった岡村のくちびるから血が出ている。

かまわず、もう一度、頬を思いきり平手打ちにした。

「余計に興奮してきた。なぁ、シン。もうホント、浮気しようか」

ケンカをしたせいで興奮状態になった身体を持て余して、佐和紀は自分が預けた羽織を手にしている岡村の首を引き寄せた。

「俺のために死ねよ、シン」

瞳を覗き込んでささやくと、岡村はぐっと押し黙った。何かを必死でこらえるように身体を緊張させて、ゆるゆると息を吐き出す。

「おまえに言われて死なない男は、まず、いないだろ」

佐和紀の後ろから手が伸びて、くちびるを重ねようとしていたあごを引き戻される。

「岡崎さんッ！」

あからさまにホッとした声を出して、岡村が生気を取り戻した。

「周平と夫婦ゲンカしたんだって？」

佐和紀を後ろから抱くように腕をまわし、肩と顔を押さえたままで、どぅどぅと言いながら手のひらをパタパタと動かした。まるで犬を落ち着かせるような仕草を怒りもせず、佐和紀は深い呼吸を繰り返す。

「こいつはなー、キレると体力がなくなるまでケンカするからな。で、負け知らず」

笑った岡崎は、岡村に向かって手のひらを差し出した。

「羽織貸せよ。おまえはもう帰れ」

「……それはできません。アニキから、言われてます」

「バカか、おまえは。ケンカさせるか、セックスするしか、こいつの体力を奪う方法がないのに、おまえに相手ができるか。殴り殺されるぞ。……それとも、抱いてやるか」

岡崎はニヤニヤ笑った声で言う。

「女を抱かせるってのは、ダメなんですか」

「いいよ、それでも。後で周平に申し開きする根性があるならな」

それなら死ぬ気で佐和紀を抱いた方がマシだと言いたげな雰囲気が二人の間に広がる。

ようやく気持ちが落ち着いてきた佐和紀は、尻っぱしょりにしていた着物を整え直す。

身体の中に解消しきれない欲求が溜まっていて、焦燥感が募っていく。

岡崎と岡村はまだ話を続けていた。

「だいたいなぁ、こいつをここまでキレさせた周平が悪いんだよ。嫌われたくないからって、追いかけてこないのは男として逃げてるだろ」

「アニキは本気なんです。姐さん、本当なんです。追いかけてこないのは、そうすれば姐さんが素直になれないってわかってるからです」

「そんなのなぁ、岡村。こいつにはわからねぇよ」

岡崎は軽い口調で笑った。

「周平は、佐和紀を知らない。知らなすぎるし、のんびりしすぎてるよな。こいつは女じゃないから、優しくされて悠長に愛されるなんて性には合わないよ。帰ってそう言ってこい。屋敷にいればな」

岡村が口をつぐみ、佐和紀は自分にはわからない事情を二人は知っているのだと悟った。

「岡崎さん、それは卑怯《ひきょう》です」

「そうか？」

背後から腕をまわしている岡崎が耳元で笑う。

「佐和紀を嫁にもらうって言ったのはあいつだし、どうせ形だけだと決めてかかって、準備もしてこなかったのもあいつだろ。で、惚れて慌ててるのも、周平のバカだ。組が円滑に動いている限り、俺が何かしてやる必要はない。あいつは、まがりなりにも若頭補佐だ。自分のケツは自分で拭《ふ》けばいい」

「これは、寝取るようなものだと、自分は思いますが」

岡村は引かなかった。挑むような目を、佐和紀はどこかさびしい気持ちで制した。

「寝取られる旦那がバカなんだよ、シン。俺の亭主にそう言ってこいよ。どうせ、どっかで頭の悪そうなガキの相手して、腰でも振ってんだろうけどな」

力のない声で、佐和紀はつらつらと無感情に話す。

「話は決まったな。行くぞ、佐和紀」

佐和紀の肩を抱いた岡崎は、すれちがいざまに岡村の手から羽織をもぎ取る。

「ダメですよ、姐さん。待ってください、岡崎さん」

人通りの多い通りを横切って、佐和紀は必死に止めてくる声を感情から切り離した。岡崎の車の助手席に乗り込む。

「なぁ、シン」

ドアの窓を開いて呼ぶ。

「姐さん、やめましょう。アニキはちゃんと手を切りますから。大事なのは、姐さんだけなんですから」

「でも、あいつは今、あのガキのところなんだろ？　組のために」

「……寝るために行ってるんじゃありません」

答える声は弱い。間に立って苦労している岡村がかわいそうに思えて、佐和紀は静かに微笑みを向けた。

「おまえのせいじゃない。あいつとの暮らしが、俺には合いそうにもないんだ」

「姐さん！」

止める声を遮るように窓を閉めた。岡崎が車を発進させる。

「おまえ、俺に、どうして欲しい」

しばらく行った先の信号待ちで車が停まったとき、ハンドルを握る岡崎が前を向いたまま言った。

「抱けば？」

佐和紀は投げやりに答える。笑った岡崎が肩に腕をまわし、耳元へくちびるを押しつけてきても拒まない。

「周平との仲を取り持ってくれってのも、頼んでいいんだぞ」

「……」

ちらりと視線を向けた佐和紀は顔を伏せる。

「じゃあ、やった後、そうしてくれよ。オヤジに合わせる顔がない」

父親のように慕っている松浦のことを考えると、佐和紀は自分がどうすればいいのか、いっそうわからなくなる。組のためにと思って、松浦のためにと思って、何もかもを我慢すると決めて嫁に出たのに、仕事の関係で切るに切れない相手だとわかっていて嫉妬してしまう。

「どうして、あいつに言わないんだ。言えば寝る間を惜しんででも、おまえを抱くだろう」

「あんた、俺を抱きたいの、抱きたくないの、どっち」

「……答えろ、佐和紀」

信号が変わって、岡崎が離れていく。

佐和紀は流れるネオンを見つめながら、言葉を探す。

言いたいと思う。

抱いて欲しい。最後までして欲しい。周平が欲しい。

そう言えばいいだけだとわかっている。拒まれることはないのかもしれない。

しかし、それは自分の感情だ。周平から求められているわけではない。

もしも周平が自分とのセックスで物足りなさを感じてユウキを抱くなら、それは周平があの少年に何かを求めるからだろう。仕事のためだけだとしても、周平は利害関係を絡めてユウキに何かを求めている。

同じようにして欲しいと思う気持ちを、どう表現すればいいのか、佐和紀にはわからない。

「愛情が金で示せるってホント？」

「は？」

岡崎が視線を投げてくる。

「俺の質問の答えになってないな」

「あいつからもらった婚約指輪、郊外ならマンションが買えるって京子さんが言ってたんだ。それが愛情の深さだって言われても、俺にはわからない」

「それはまた、すごいダイヤだな」

「……庭に投げ捨ててきた……けど」

「おまえは、悪魔だな」

げらげら笑った岡崎はハンドルを叩《たた》いて喜ぶ。

「金で計れる愛情もあるだろ。見えるものと見えないものの、両方を欲しがるヤツはたくさんいるからな」

「何千万もするダイヤなんて、俺には桁《けた》が違いすぎてわかんねぇよ」

「だよなぁ、こおろぎ組の貧乏はハンパじゃなかったからな！」

「おまえらのせいだよ。さっさと出ていきやがって」

佐和紀が睨みつけると、岡崎は肩をすくめた。

「悪かったたな。……おまえがそばにいるとな、辛《つら》いんだよ。結局、みんな言わなかったけど、そうだろ。おまえが欲しくておかしくなっていく自分なんてな、極道になってまで味わいたくないんだよ。おまえには一生わからないし、わからなくていい」

「俺のせいかよ」

理解できない佐和紀はぼやいた。

「そうだ、おまえのせいだ」

岡崎がくちびるを歪めた。

「だから、俺には周平の苦労がわかるけど……助けてはやらない。なんでかわかるか、佐和紀」

「わかんねぇ」

「即答すんな。ちょっとは頭を使えよ」

楽しそうに笑いながらハンドルを切り、道を曲がった岡崎が続ける。

「おまえが望んでこないからだ。おまえが言えば、そうしてやるけど、言わないから俺はしない。だから、抱いてくれと言われれば抱くよ」

「……」

「同じこと、どうして、あいつにしないんだ」

抱いてくれと、他の相手には言えて周平に言えない理由は簡単だ。

「……あいつが、あんたじゃないから」

「そうか、そうか」

岡崎はニヤニヤ笑った。

「あいつは特別か」

からかわれても、怒る気力もない。佐和紀は息を吐いて、視線を窓の外へ流した。

「夜景の綺麗なホテルに連れていってやるよ。佐和紀」

岡崎が手を握ってくる。冷たくもなければ熱くもない手を、佐和紀は握り返して顔を歪めた。

　肌に溶け込むように温かい手を思い出す。

　ただ、欲しいと言ってもらいたいのだと、そのとき気づいた。

　おまえが必要だと、一度だけではなく、日に何度も言われたい。

　この世に生まれて今まで、望んだことのなかった願いを、周平にだけ求めている。

「俺はおまえが欲しいよ」

　港沿いに建つ高級ホテルの手前で道の端に車を停めて、岡崎が助手席のシートに手をかけた。

「指輪ってエンゲージだろ。一緒に、プロポーズでもされたんじゃないのか。それなのに、おまえはあいつが信じられないのか」

　視線が合う。佐和紀は目をそらした。

「信じる信じないの話じゃない。あんたは、俺が誰かを好きでもイヤじゃないの」

「別に、気にならないな。俺が勝手に好きなだけだ」

「俺はイヤだ」

　佐和紀は大きく息を吐き出した。

　初めて好きになった相手だからだろうか。周平のすべてが欲しくて、周平にもすべてを求めて欲しい。こんなことを岡崎相手に話していることが可笑しくて、笑いながら振り向いた。

「そう言って、欲しがればいいだけだろ」

岡崎は苦みばしった顔に穏やかな笑顔を浮かべている。初めて会った頃を思い出す。将棋盤を挟んで手ほどきしてくれた岡崎は、いつもにこやかで優しかった気がする。

「俺は周平みたいに恋愛慣れしてないし。まだ二ヶ月しか一緒にいないし……。それに、いつか飽きられるなら、初めから期待したくない」

「なんで、おまえはそんなにあきらめがいいんだろうな」

佐和紀は答えずに岡崎を見つめた。きっと育ちのせいだと言いたいのをこらえる。

これ以上の泣き言は聞かせたくなかった。

「俺に抱かれても、あいつを欲しがることに違いなんかないのにな」

握られた左手の薬指を撫でられる。根元を摑まれ、佐和紀は顔を歪めた。

「俺は、抱かずに帰すような、子どもじみた真似はしないよ」

岡崎は自分の指からもリングをはずし、スーツのポケットの中へ隠してしまう。

身を乗り出すようにしてキスをされた。佐和紀は目を閉じて受け止める。

舌がくちびるの割れ目をなぞって動く。ふいに着物の上から下半身を触られ、とっさに拒んだ。

「ここじゃ、嫌だよな」

笑った岡崎は車を動かした。エントランスに入り、バレットサービスを頼むと佐和紀の腰を抱いて中に入る。

「やめろよ、恥ずかしい」

もがく腕を押さえつけられた。

「暴れてる方が恥ずかしいだろ」

逃げないようにフロントまで一緒に連れていかれ、岡崎は部屋のカードキーを受け取る。

そのままエレベーターへと促された。

「さぁ、行くか。まずは風呂《ふろ》にでも入るぞ。一緒にな。身体の隅々まで洗ってやるよ」

「妄想がダダ漏れになってんだけど」

「現実だろ、佐和紀」

嬉《うれ》しそうに絡んでくる岡崎が首筋に息を吹きかけてくる。

「……、もう、くだらないことするなよ！」

睨みつけながらエレベーターホールに入った二人は、同時に足を止めた。一組、先客がエレベーターを待っている。

見知った姿に、佐和紀が後ずさった。その腰を岡崎が力強く引き止めている。

人の気配を感じて振り返った先客の片割れは周平だ。そして、相手はユウキ。

「偶然だな。周平」

「若頭……」

スラックスのポケットに両手を突っ込んでいた周平がつぶやき、隣で寄り添うように立っていたユウキは弾むように岡崎に向かって頭を下げる。

それから佐和紀に対して、にっこりと勝ち誇った笑みを浮かべた。

「なんだ。よろしくやってんじゃん」

軽い口調で言われて、返す言葉がなかった。

確かに、佐和紀はこれから岡崎に抱かれるつもりだった。周平でないなら、誰でも同じだ。気心が知れていればそれでいい。

腰に腕をまわされたまま、佐和紀の視線は驚いてもいない周平の顔へ向かった。

昼間と同じ、春夏物の軽い素材の三つ揃えスーツをシャキッと伸びた背中と広い肩幅で着こなしている。涼しげな印象の眼鏡《めがね》が、落ち着きのある大人の男の魅力をいっそう際立たせていた。

周平も岡崎も、高級感の溢《あふ》れるホテルの豪華なエレベーターホールで違和感がない。

自分を見つめ返してくる目の感情のなさに、佐和紀は耐えきれずに視線をそらした。

「最初から若頭とデキてたんだ？　なのに、周平を束縛するなんて、根性が悪いよな」

ユウキが周平から離れて近づいてくる。

「それとも、周平に相手にされなくて、別の男をくわえ込んでんの？」

誰もが黙り込んだ。ユウキだけが饒舌《じょうぜつ》に話し続けている。

「周平、いつまで言わせとくつもりだ」

業を煮やした岡崎が鋭く言い放つ。

ユウキは柔らかな髪を揺らして、岡崎に顔を向けた。幼く見える大きな瞳が瞬《まばた》きをする。

その印象のままの無邪気さと貪欲《どんよく》さで、ユウキは欲しいものを欲しいと言うのだろう。

望むものすべてが手に入ると信じて疑わない。そんな傲慢《ごうまん》さが佐和紀を傷つけた。

「今、僕がいないと、困るのは大滝組でしょう。センセはご立腹だよ。僕の機嫌が悪いから」

ユウキは楽しそうに笑って、若頭の岡崎まで侮る。

今まで、どれほど好き勝手を許されてきたのかがわかる奔放さが、佐和紀を突き動かした。

バンッと大きな破裂音がして、ユウキが飛び上がるように頬を押さえる。腕が届く距離にいたのが浅はかだと腕を振り下ろした佐和紀は、大きな瞳に涙が滲《にじ》むのを眺めて思う。

「ハンパなことをするな」

手加減をする理性の残っていることが悲しい。

周平は自分のものだとはっきり言える自信や強さがあれば、こんなところで夫婦それぞれ別の相手を連れて立っていたりはしないだろう。

「おまえなんか……ッ！」

　逆上したユウキが叫び声をあげて飛びかかってくる。反射的にやり返そうとする佐和紀の腕を岡崎が押さえ、周平がすかさずユウキの腰に手をまわして引き戻した。

　佐和紀はその腕にさえ嫉妬する。

　殴ればいいじゃないかと思う。殴って突き飛ばして、自分を守ってくれればいいのに。

「つけあがるな」

　周平はユウキを下がらせて、身体を離した。指先をユウキの胸のあたりに当て、簡単には近づけないようにして言った。

「佐和紀とおまえは違う。それを今日ははっきりさせに来ただけだ。嘘を吹き込んで、佐和紀の心を乱すな」

「……何の役にも立たない男だろう。顔だけだ！　僕は、あんたのために、おっさんとも寝てる。情報だって持ってる」

　ユウキは泣き出しそうに顔を歪めた。

「好きになってよ！　そんな男より、絶対に役に立つから！」

「何回も言わせるな。無理だ」

　周平は冷淡な口調で言う。

　ユウキの大きな瞳から涙がこぼれた。感情のすべてが素直であけっぴろげだ。

佐和紀は別の嫉妬を感じながら二人を見る。周平がユウキを抱いていることよりも、ユウキが感情をさらけ出すことにたまらないせつなさを感じた。自分にはできない。

欲しがることも、自分のものだと宣言することも。

「おまえには商品以上の価値はない。俺が惚れてるのは佐和紀だ。俺はこいつだけがかわいい」

エレベーターがロビーに到着して、開いた扉から石垣が出てくる。

予想外の二人の存在に気づくと、目を丸くしてあからさまに驚愕《きょうがく》した。

「な、何してるんですか」

佐和紀の腰を抱いている岡崎の手を何度も何度も繰り返し確かめるように見て、そのたびに二人の顔を見比べる。

「ナニしに行くんだよ」

こんなときにも軽い口調で返す岡崎は修羅場慣れしている。佐和紀を背中からぎゅっと抱いた。

「石垣。こいつを連れていけ」

周平の言葉に、突き出されたユウキが腕にすがりついた。

「やだっ！　周平、嫌だっ」

「甘やかしすぎた俺が悪かったな」

抵抗するユウキを石垣が引き剝《は》がす。周平はスーツの袖を手のひらでサッと払い、眼鏡のズレを指先で冷静に直した。

「沙汰《さた》は後で出す。飼い主に嚙みつくような犬はいらない」

冷たく言い放った。暴れるユウキを羽交い絞めにした石垣が、一礼してエレベーターに引きずり込む。周平は静かに見送って振り返る。

「とはいえ、大事な情報源ですから、そのあたりは私情を挟んでませんよ。ちょっとした躾《しつ》け直しを頼んであるだけです」

岡崎に向かって無表情で淡々と言い、眼鏡の奥の瞳を細めた。

「で、わざわざご足労でした、若頭」

「何の話だ」

わざとらしく佐和紀を背中から抱きしめたまま、岡崎は頰を寄せてくる。佐和紀は何も言わなかった。

周平は気にもしない素振りで、口元だけに笑顔を作る。目は真剣だ。

「佐和紀が世話になりました。後は自分が」

「いや、これからいろいろと世話してやるところだから、悪いけど」

「悪いと思ってるなら、その腕、離してもらいましょうか」

周平が一歩近づいてくる。石垣たちを乗せたエレベーターとは別の扉が開き、出てきた宿泊客を二人はまるで存在しないように無視する。佐和紀も気にしなかった。

何もかもがどうでもいい。考えたくなかった。

周平が、ユウキより自分を選んでも何の感慨もない。

「離したくないって言ったら？」

「俺の嫁ですよ」

「あー、そうだっけ？」

とぼけた岡崎は、自分の左手と佐和紀の左手を掲げて見せた。

何もつけていない二人の薬指に、周平の表情がようやく歪む。

考え込むように眉根を寄せる周平を岡崎が笑った。

「佐和紀が抱いてくれって言うからさー。それなら、俺も、何もかも捨ててやろうと思ったんだよ、周平。やっぱり、おまえにくれてやるのはもったいない。こいつを泣かせるようなことする男のところには置いておけないしな」

「あんたに抱かせるつもりはない。そいつはもう、俺の形をおぼえてる」

いやらしいことを、周平は佐和紀を見つめたままで口にした。身体の芯《しん》が火照《ほて》り、佐和紀は無意識に岡崎へもたれかかった。

「そんなものはすぐに俺が変えてやるよ。今夜にでも、俺の方が良くなるだろ」

「もう、いい……」

佐和紀はつぶやいて、岡崎の手を握った。

指が震えるのは、自分を見つめてくる周平の目が怖いからだ。

まっすぐ真実を覗き込むようにされると、強がりが見透かされそうになる。

「部屋、行こう」

「まぁ、そういうことだ。周平、悪いな」

「悪いって問題じゃないだろ」

周平の手に腕を摑まれる。佐和紀は振りほどいて身をよじった。

「何を考えてるんだ、佐和紀。バカか。……弘一《こういち》さん、あんたもあんただ。他に守るべき家族がいる人間には任せられない。指輪をはずしたって一緒ですよ。たとえ、佐和紀が俺より、あんたや京子さんを選んでも、俺は渡さない」

周平が手を差し伸べた。佐和紀に向かって、指を伸ばす。

「来いよ。佐和紀。俺がおまえの家族だ。一緒になってくれって、頼んだだろう？　おまえは俺のプロポーズを受けただろう？」

顔を背ける。岡崎の腕に逃げ込んで、背中を向けた。

「こっちへ来い」

周平が声を和らげる。こんなことをしても怒らない周平の優しさが身に染みて、自分の心の狭さにいたたまれなくなった。

「嫌だ」

答えた声はみっともなく震えて、佐和紀は強くくちびるを噛む。

好きだ。本当に、すごく好きだ。

だから、素直になんてなれない。いつも何かを口にする前に、ただ見つめているだけで胸がいっぱいになって、後でいろいろなことを考える。

そして後悔ばかりが募る。

もっと、周平を喜ばすことができたんじゃないか。

もっと、優しい言葉がかけられたんじゃないか。

もっと、いい人間だと思ってもらえたはずなのに……。

生まれ直して出会えたらどんなにいいかとさえ思う。

「佐和紀、おいで」

他の誰かが口にすれば、俺は犬じゃないと激怒しそうなものなのに、それが周平だと耳に届く意味がまったく違う。佐和紀はそれがさらに怖くて、岡崎の腕に身を寄せる。本気で誰かと寝てやろうとしていた怒りも今はもうないのに、ここから逃げ出すこともできない。

ただ周平への気持ちが大きすぎて、自分がコントロールできない。

誰かを好きになることで変わっていく自分自身を受け止めきれず、こんなにも好きになっているという現実に戸惑ってしまう。

「あぁ、くそッ！」

叫んだ岡崎にぎゅっと強く抱き寄せられ、次の瞬間には両肩を引き剝がされた。

一睨みで人を震え上がらせる極道の男が、苦々しさの中に気遣いの笑みを浮かべている。

道ばたで転んだ子どもを引き起こしたときの顔みたいだと、佐和紀はぼんやりと思う。

「泣くな、佐和紀。泣く前に、周平と行け」

「イヤだ」

「まだ言うか。頑固者」

岡崎が平手で軽く佐和紀の頰を張った。パチンと音がして、髪が揺れる。

「連れていけよ、周平。言っておくけどな、俺はこいつに惚れてる。かわいくて、たまらない。だから、今日はおまえに渡す。でもな、少しでも雑に扱えば、いつだってかっさらうからな」

佐和紀は腕を摑んだが、周平と一緒にエレベーターの中へ押し込まれた。

「部屋のカードキーだ。周平、おまえへの貸しだからな」

部屋番号を告げて階数ボタンを押すと、岡崎は扉が閉まる前に身体を引いた。

周平に腕を摑まれた佐和紀は顔をあげられなかった。息を潜めて静かに目を伏せる。

エレベーターが止まり、周平に促されても抵抗はしなかった。

クラシックが流れる無人の廊下はふかふかした絨毯《じゅうたん》だ。手首を摑んだ周平の手は、不思議なほど温かくて、岡崎のそれとは違っていた。

部屋に入り、手を離される心細さを口に出せず、佐和紀はツインベッドの横を抜け、窓際に寄ってカーテンの隙間《すきま》から外を見る。

「何か飲むか」

色とりどりのガラス玉をぶちまけたような夜景が、眼下に広がっていた。

「佐和紀、聞こえているのか」

カーテンが音を立てて開く。周平がどこかで操作したのだろう。夜景の先には海にかかる橋がライトアップされて、けぶりながら光を点滅させている。

「指輪、見つけたんだ。手を貸せ」

左手を摑まれ、佐和紀は背中をガラスにぶつけた。そのまま、もたれかかる。

周平は指輪を出すことなく、おもむろに両頬を手のひらで包んだ。力は強く、指先が骨を圧迫する痛みに佐和紀は喘《あえ》いだ。

「んんっ」

そのくちびるを食《は》むようにキスされて、逃げ場を失う。

「ん、はぁっ……、んっ……」

周平が顔の角度を変えて、浅く深く口づけるたびに、お互いの眼鏡がぶつかって音が鳴る。

手加減のない責めで、周平の舌が佐和紀を絡め取った。ぬめった感触が口腔《こうこう》内の柔らかな場所すべてをなぞってうごめく。

「……ん、……はっ、ぁ、ぁっ」

苦しさにもがきながら、顔を支えている周平の手首を摑んだ。眼鏡を押し上げられ、頬や目尻にもキスが繰り返される。周平は自分の眼鏡もはずすとスーツの胸ポケットに滑らせて片付け、身をかがめるようにして佐和紀を見上げた。

唾液《だえき》で濡《ぬ》れた口元を手の甲で拭《ぬぐ》いながら、佐和紀は本能的に怯えて身を引いた。

欲しがってくれと言えないのは、この男が自分よりもよっぽど男として大きい存在だからだ。もし、こんな出会いでなかったなら、舎弟たちのように彼を信望しただろう。

生存競争に勝ち続ける、強い雄の魅力がある。

周平は何も言わなかった。佐和紀の手を摑んで口元から剝がすと冷たいガラスに押しつける。今度は首筋にかぶりつかれた。

「ん、んっ」

うなじを舐《な》めあげられ、身体の芯を激しい痺《しび》れが貫く。

佐和紀はやり過ごそうとしてできず、拘束されていない方の手で周平を押し返した。

その手も摑まれ、耳をなぶられて腰砕けになる。下半身を熱が覆った。生まれて弾《はじ》ける背徳的で卑猥《ひわい》な感覚に佐和紀は身悶《みもだ》えた。

「ひッ、くぅ」

のけぞりながらその場に崩れ落ちそうになる身体が引き戻される。

「いや、だ」

「感じるだろ、佐和紀。おまえのいいところは服の中だけじゃないからな」

その服の下では、もう固く張り詰めた性器が泣き始めている。潤んだ目で見つめ返して、佐和紀はスーツの襟を両手で摑んだ。

「あ……、はぁっ。あぁ」

甘く甲高い自分の声に、そこにある媚《こ》びの響きに、佐和紀は顔を歪めながら首を振った。何のためにかはわからない。ただ、込み上げてくるものの激しさを振り払おうとした。立っていられない身体を、軽々と抱き上げられベッドに下ろされる。

「舎弟を誘った上に、岡崎にまで粉をかけて。わかってんだろうな。佐和紀」

佐和紀の前髪を両手で搔《か》き上げながらのしかかってくる周平の目が燃えている。怒りなのか、嫉妬なのか、それとも、もっと直接的な性欲なのか、すべてを内包した激しさの前に佐和紀は引きずり出された。

「本気で、俺があのガキとまだ寝てると思ってるのか」

答えを探して佐和紀の目がさまよう。

そうだと言っても、違うと言っても、結局、周平にとって都合のいいように言いくるめられる気がした。その上、自分が本当のことを知りたがっているのかもわからない。

「コンバーチブルの、助手席に乗せた……」

周平の袖を掴みながら、佐和紀は顔を背けた。ネオンを映してほの明るい夜空が見える。

「青山で待ち合わせて、青山で別れた。車には乗せてない」

「ユウキは、あんたとシたって言ってた」

「信じたのか」

「あいつと同じ匂い、させてるだろ」

佐和紀がちらりと見ると、ずっと見つめていたのだろう周平の視線に捕まる。

「鼻がいいんだな」

笑いながら鼻を摘まれ、佐和紀は眉をひそめて振り払う。

「おまえこそ、本気でアニキとこういうことするつもりだったのか？」

周平の手が乱れた着物の裾に忍び込み、太ももを撫むように撫で上げられる。

「ふ……ッ」

緊張した身体から力が抜けて、緩やかに息を吐き出す。

佐和紀を抱き上げる前に眼鏡をかけ直していた周平は、レンズの向こうで目を細めた。

自分の眼鏡がどこへ行ったのか気にしながら、佐和紀は後ろ手に上半身を起こして逃げた。

笑いながら眺めていた周平は、ちょうどいいと言いたげな顔で目の前に来た足首を摑む。

佐和紀も本気で逃げる気はない。そらした視線の先、窓のそばに眼鏡が落ちている。

「膝、どうして汚れてるんだ」

「……」

素直に答えたくなかった。

「しゃぶったからかなぁ」

そらとぼけて言いながら、まなざしで挑む。

「わざわざ着物をまくってか。ないな」

あっさりと答えた周平はくちびるの端を曲げ、佐和紀の膝の汚れを手のひらで撫でる。

「また暴れたんだな。なんだろうな、おまえのその体力は」

「……」

「対処方法を考える必要があるな」

膝を撫でていた手が太ももに伸び、ヘッドボードに肩をぶつけた佐和紀はいよいよ追い込まれた。ゆっくりと足元から這《は》い上がってきた手が腰の後ろにまわって帯を解く。

チュッと音を立ててくちびるを吸われた。

「佐和紀、悪いけど、先にシャワーを浴びてろ。仕事の電話がまだ一本残ってる」

拍子抜けして目をしばたたかせる。周平はさっさと立ち上がって、窓のそばに落ちている佐和紀の眼鏡を拾い上げた。

「なんだよ、不満そうだな？」

期待しているのかと好色な目で見られて、佐和紀は眼鏡をもぎ取って背を向ける。

「不満だらけだよ！」

大声で言って、その場で着物を脱ぎ散らかし、下着一枚でドスドスと床を踏み鳴らしながらバスルームへ向かう。

「色気ねぇなぁ」

と笑う周平の声を背中に聞いて、扉を閉めた。

一人きりになると思わず息が漏れる。ボクサーパンツ一枚でその場にしゃがみ込みたくなった佐和紀は、目の前に広がる夜景によろめいた。シャワーブースのガラス戸にすがりながら、あははと乾いた笑いを口にしてみる。

「岡崎め……。なんだ、このムーディーは」

いったい、俺をどうするつもりだったんだと思いながら、別にジョークでもなんでもなく、雰囲気のあるところで抱こうとしただけという事実に気づき、余計に笑えた。

岡崎にされたキスを思い出しても、羞恥《しゅうち》以外の感情はない。

その恥ずかしさも、後で顔を合わせたくないという程度のものだ。

佐和紀は夜景が一望できる風呂に近づいて蛇口をひねった。浴槽のふちに腰かけて温度を確かめていると、ノックのすぐ後に扉が開いた。

「佐和紀。いいか」

中に入ってきた周平は携帯電話を持ったまま、ドレッサーの前をいじるとプラスチックの小瓶を投げた。

「中身を湯の落ちてるところに入れとけ。すぐに来る」

取り落とさずに片手でキャッチした佐和紀は、シャンプーかボディソープに見える液体を、言われた通りに湯がドバドバと落ちる先へ流し込んだ。

「なんだ、これ」

泡が水面に広がっていく。

「コレが噂《うわさ》の、泡風呂……。へー、おもしろいな」

誰に聞かせるでもなくつぶやいて、浴槽のふちにもたれかかって泡を眺める。甘い花の匂いを吸い込んで目を閉じた。

「……ん？」

眉をひそめてから、まぶたを押し開く。気づいた。

「すぐに来るって……」

一緒に入るつもりかと口にする前に、今度はノックもなしで扉が開く。

「眺めてたのか」

手に缶ビールを二本持っている周平はすでに下着も穿《は》いていなかったが、佐和紀の目は上半身で止まった。脱いでも脱ぎきれない鮮やかな絵は、二の腕の半ばまで袖があり、胸板にも青い地紋と牡丹の花と葉が彫り込まれている。

「悪くない部屋だな」

バスルームの照明が暗くなり、外の夜景が見えやすくなった。周平はさっさと風呂の中でビールを飲み始める。

「観覧車は子どもじみてるけど」

笑い声を聞きながら下着を脱いでいると、タイミングを見計らったように顔を向けてくる周平と目が合った。恥ずかしさを隠して、まだ萎《しぼ》みきっていない股間《こかん》を隠さずに後を追った。水面に浮いている泡はきめが細かく、肌にまとわりついてくる。

湯を止めると、男二人が入るには狭い風呂で向かい合わせになった。浅く横に長いおかげで、膝を突き合わせるということもない。

「こっちへ来いよ」

腕を引かれて、胸に抱かれる。座りにくいと文句を言うと、我慢しろと返され、佐和紀は膝の上にまたがるようにして向かい合った。泡で湯の中が見えない分、恥ずかしさもましになる。

「岡崎ともこうやって入るつもりだったのか」

「知らねぇよ」

ビールを飲みながら眉をひそめる。そんなことは岡崎に聞いて欲しい。

「あちこち洗うついでに触られて、風呂でもベッドでも突っ込まれるつもりだったんだよな？」

「だから、知らねぇって！」

あごを上げてビールを喉《のど》に流し込む。苦味の刺激が気持ちいい。

佐和紀と同じように眼鏡をかけたままの周平はにこりともせずに続けた。

「身体中を舐め回されて、あちこちいじられて」

「なんだよ。知らないって言ってんだろ」

「知らないわけないだろ。したくて誘ったんだろ？」

周平は淡々と口にする。

怒っている雰囲気ではない。かといって、楽しんでいるようでもなかった。

「車で来たんだろ？　中では何もされなかったのか。久しぶりに手でされたか」

「尋問かよ。されてない。……キスしか」

風呂から湯気が上がってきたせいで曇る眼鏡をはずすと、周平もはずした眼鏡を窓辺に置くところだった。隣に並べると、その手を摑まれる。指が絡んだ。

「キス、したのか」

「したよ。試されたんだと思うけど」

「感じたのか？　俺としたときみたいに」

やはり周平は真顔のまま、佐和紀はいぶかしんで目を細めた。眼鏡がなくてもこの近さなら表情はよくわかる。

「さっきからなんだよ。そんなこと、聞くなよ」

「猛烈に嫉妬してるんだよ」

浴槽のふちに肘《ひじ》をかけて、指先で顔を支える周平がくちびるの端を皮肉げに上げた。

「誰が？」

「俺が。……そのつもりで、やってたんだろ」

佐和紀は無言で瞬きを繰り返した。

違うとは言えなかった。しかし、それは自分を追い込む気がする。

周平を嫉妬させたくて三井や岡村や岡崎を誘ったわけではなく、本当に単にむしゃくしゃした気持ちをセックスで発散させたかっただけだ。

そうすることで周平に対する欲情も解決しようと思ったなんて、どんな反応をされるか、考えることも怖い。周平にねだればいいだけの話ではないことを説明できるほど、自分の感情が理解できていないのだ。

「……おまえ」

周平が凛々《りり》しい眉を跳ね上げた。びくりと身をすくませる佐和紀の指にキスして、思いついたように左手の薬指をなぞる。

「指輪、気に食わなかったのか?」

周平は話題を変えた。気持ちを悟られたかと思った佐和紀は内心、ホッと胸を撫でおろす。

「金をかけすぎてるだろ。シンの車より高いって、なんだよ、それ」

「安いぐらいだと思ったけどな」

平然と微笑む顔にあきれながら、佐和紀は指で周平の肩を撫でた。

「見つかった……?」

「反省してるのか」

視線をあげられない。二千万のダイヤと一緒に、安くはない結婚指輪も投げ捨てた。

「反省しろよ。あのダイヤと同じクラスのものを探そうと思ったら、二ヶ月じゃきかない。まぁ、金額じゃないけどな」

「もう、捨てない……」

「たぶん、だろ」

にやりと笑った周平がくちびるの端にキスしてくる。

「……おまえが、美少年と美女が好きだとか言うから……」

うつむいたまま、思わずぼやきが口をつく。

「そんなこと、おぼえてたのか」

忘れていたって、周りがことあるごとに言ってくるから無駄だ。

「それは……おまえが全部捨てろって言った、遊ぶ相手の話だ。ユウキはな、いろいろ組の都合があるから、ばっさりとはいかなくて……悪かったな」

「上手いんだろ。いろいろと」

「何の話だか」

わかっていてとぼける周平を睨んだ。

「どうせ、俺が何したってたいしたことない」

「言いがかりだな。感じるかどうかは俺の主観だろう？　してみろよ。……キスして」

「はっ？」

ふっと笑った周平が手を取って、自分の頬に促した。

「キスして、佐和紀」

「む、無理……」

求められて雰囲気が出せるほどの経験はない。こういうことは勢いだ。

勢いがないと、佐和紀程度では雰囲気の作り方さえわからない。

「ユウキはするんだよな」

「張り合うなよ、あんなのと。あれは仕事でやってるから、テクニックがあるだけだ。楽しむにはいいけど、それだけだろ」

「楽しんだわけだ」

ビールを窓辺に置く。周平の手からも取り上げ、隣に並べて向き直る。

膝に馬乗りになった状態で、周平の端整な中にも精悍《せいかん》さのある頬を両手で包んだ。見上げてくる瞳に映る自分を見つめきれずに、まぶたを伏せる。

目を閉じて、息を止めながらキスをした。

こんなキスを、誰にもしたことがない。

照れ隠しの乱暴なものなら自分からしたこともあった。しかし、こんな、恐る恐る触れた記憶はない。

相手のくちびるに息がかかることさえ恥ずかしく、佐和紀は息を殺しながら、触れるか触れないかの距離でついばむ。

かすかに呼吸を継ぐ。身体中が緊張して、頬を包む指さえ震えそうだ。

顔を傾けながら佐和紀は、キスを受けている周平がどんな表情をしているのか、気になった。引き寄せて欲しい。そう思うのに、周平はみじろぎさえしない。

下くちびるを吸い、上のくちびるも同じようにする。弾力のある周平のくちびるをそっとふさいで、佐和紀はかすかにまぶたを開いた。

周平も目を閉じている。佐和紀のどこにも触れず、されるがままに任せていた。

佐和紀は少し強くくちびるを押し当てた。舌でチロリと舐める。

自分がキスを仕掛けているという感覚に、背筋に熱いものが駆け上がり、下半身に血が集まる。佐和紀はいつのまにか夢中になって、周平のくちびるを味わっていた。

女のそれとは違う、柔らかいだけではない弾力性のある肉の感触を確かめているうちに、いっそう腰がむずむずと焦《じ》れていく。

「周平……」

くちびるをはずして、佐和紀は頬を寄せた。

稚拙なキスだとわかっている。自分ばかりが気持ちよく、下半身まで反応させて恥ずかしかった。熱っぽく息を漏らし、額を合わせ、鼻先を寄せる。

「もっと、してくれよ」

周平が薄く目を開いた。欲情よりも心地よさを感じている瞳の色に、佐和紀は息を呑《の》んで眉をひそめた。下半身が強く疼《うず》いたせいだ。

目を見れば、こんなキスでも周平が感じているのだとわかる。

挑みかかるような情欲ではなく、たゆたうような心地のいい快感がお互いの肌を支配していた。

「佐和紀」

優しく呼ばれて、熱い息を吐いた。

たまらない。好きで、好きで、好きで。

くちびるを寄せて、肩に散っている牡丹を押さえる。舌先で輪郭をなぞり、キスで埋めていく。周平の手が腰に触れ、撫でるようにその下へ滑っていく。

「んっ……」

肩に顔を伏せたまま、手が股間へ伸びてくるのを待ったが、太ももをなぞっているばかりで、肝心な場所には触れてこない。

佐和紀は湯の中で指を動かし、周平の腹をなぞった。屹立《きつりつ》が手首に触れる。そのまま握りしめると、まだ芯を持ち始めただけのそれは、佐和紀の手に反応して震えながら大きくなる。

うつむいて視線を向けても、泡が隠していてよく見えない。

腰を少しだけ動かした。周平が黙っているから、何気なさを装って近づく。自分自身の昂《たか》ぶりの先端が、周平のそれに触れた。

佐和紀は腰をよじらせてすりつける。

湯が波立つとバレてしまう。だから、こっそりとしていたのに、次第に我慢ができなくなった。佐和紀は張り詰めた亀頭の先で周平の裏筋をなぞった。カリの部分がこすれて、息が漏れる。

気づいているはずの周平は、佐和紀のささやかな自慰を、からかいも咎《とが》めもしない。浴槽にもたれて仰臥《ぎょうが》した男はまどろむような目を細めていた。濡れた指でこめかみの髪を耳にかけ直される。

お互いに何も言わなかった。

佐和紀は両手を湯の中に沈めて、互いのものを包んで腰を使った。ゆっくり動くと、温かさの中で肉と肉がこすれて気持ちがいい。

「……んっ……」

射精を急ぐための欲情ではなく、ただ触れていたいだけの快感で息が乱れる。佐和紀は周平の逞《たくま》しい首筋に顔をすり寄せた。髪に振られた香水からは周平の匂いしかしない。

それがいっそう胸を搔き乱して、下半身を反応させる。

「あっ、……」

いつのまにか周平の手が体の脇に回っていた。親指に乳首を弾かれて声が出る。動かしていた腰に集中できずに止まると、周平は指の腹で突起をぐりぐりと押し込みながらささやいた。

「動けよ、佐和紀」

無理だと答えようとした声を身体が裏切る。腰はじりじりと揺れた。

「いやらしい動きだな」

恥ずかしさにイヤイヤと首を振る。周平は忍び笑いを漏らした。

「嫌がるなよ。煽《あお》られて勃起《ぼっき》してるのは俺の方だ」

「ん、はっ……！」

片方の乳首を摘まれて、佐和紀はのけぞった。太ももがかすかに痙攣《けいれん》する快楽に目眩《めまい》がして、湯から引き抜いた手の甲を口に押し当てる。その勢いで周平の顔にしぶきが飛んだ。

大きく胸で呼吸をしながら、佐和紀は手近なタオルを手に取った。

「気にするなよ」

手を止められる。

「それより、どうされたい？　舐めてやろうか。それとも、お互いの手でイクか」

「……」

奥まで挿《い》れて欲しいと喉元まで出てくる言葉が声にならない。

なぜなのか、自分でもわからなかった。

「もうどうしようもない顔をしてるな」

笑った周平はわかっているんじゃないかと思った。言葉にならないほど欲しがっていることが伝わらないほど野暮じゃないはずだ。

しかし、それは選択肢には上がってこない。

「あっ、ぁ」

周平が片方の手で、淡く色づいた佐和紀の乳首を弄んだ。

あごを引いてくちびるを噛むと、周平の目に乱暴な兆しが走る。

佐和紀の手を股間へと誘って、周平の手も下へと潜る。佐和紀のそれにも指が絡む。男の力強い指に摑まれ、激しくしごかれる。

「んっ、く……」

新婚旅行から戻ってから、挿入されていない。

今日もそのパターンだなと悟りながら、佐和紀は頭の中心がじりじりと快楽に蝕《むしば》まれていくのを感じた。周平の性器を握りながら、愛撫《あいぶ》されるのと同じようにして返そうとするのに、頭がぼうっとしてうまくいかない。

「あぁっ、あぁ……あぁ」

亀頭を手のひらで揉《も》みくちゃにされて、先端を開いたり閉じたりされると、敏感な部分が湯の流れに愛撫されて腰が悶えた。

「うっ……ふぅ、ふぅっ……」

周平を摑んでいる手の指はもう思うように動かなかったが、それは萎《な》えることもなく圧倒的な存在感で屹立している。

少しでも良くしようと、岡崎や他の幹部たちのものをこすっていたときのことを思い出そうとしたが、そのたびに周平の手管に理性が押し流される。

「んっ、んっ……」

頭が下半身になったみたいに、快感を追うことしか考えられなくなった。神経が一箇所に集中して、自分の指が周平の張り詰めた性器を触っていることにも欲情する。

「あっ……！」

周平の手が乳首をこりこりとしごきながら、佐和紀の竿《さお》の下にある袋を揉みしだく。佐和紀は片手で周平の肩にすがった。息が乱れて、もう完全に整わなくなる。

満足げな意地の悪い顔をした周平に凝視されて佐和紀は喘いだ。

「あ、あぁぅ……ぅぅッ」

根元からリズミカルにしごかれて、もうひとたまりもない。吸い込んだ息が喉に詰まり、あごをのけぞらせながら射精した。

その喉元に食いつかれる。貪《むさぼ》るようなキスで埋めながら、周平は佐和紀の指の上から自分のものを激しくこする。

それほど時間はかからなかった。

佐和紀が息を乱している間に、周平は手早く精を放ってしまう。何をしてやる暇もない。

抱き寄せられて肩に頬を預けながら、滲む夜景に目をやった。

ユウキや他の情人と寝るとき、周平はどんなふうに振舞っているのか。佐和紀は好奇心とも言えないような下世話な想像を巡らせた。テクニシャンで絶倫で、主導権を決して離さず、そして優しいのだろうか。尋ねるタイミングはなかった。

呼吸が整うと、周平に促されてシャワーを浴び、バスタオルよりも分厚いフカフカのバスローブで部屋に戻る。窓際のテーブルに、ワインと軽食が用意されていた。サンドイッチ、生ハム、チーズにチョコレート。

「腹が減っただろう」

背後から腕がまわって腰を抱かれた。周平は珍しく、肩にあごを預けてくる。

「おまえを泥酔させるには、何を飲ませればいい」

「あぁ？　何でも酔うよ」

耳元で笑われるとくすぐったい。

「その量がハンパじゃないだろ」

「まぁ、あの長屋じゃ、冬は酒なしじゃ生きられないからな」

「ロシア人みたいだな」

背中から離れた周平がワインをグラスに注いだ。

「おまえの生まれ年は、この銘柄の当たり年だ」

グラスを受け取った佐和紀は椅子《いす》に腰かける。同じくワイングラスを手にした周平に腕を引かれる。立たされたと思ったら、そこに周平が座り、また引き戻された。

「子どもじゃないんだから……」

もう二十八歳の立派な大人なのに、膝に乗せられていると恥ずかしくていたたまれない。

周平はまったく気にならないどころか、満足そうにグラス同士をぶつける素振りをした。

「どっちが子どもだって？」

グラスの中身を一息に飲み干した佐和紀に、周平は笑いながらワインの瓶を引き寄せる。

「え？　俺が……。……え？」

赤ワインが注がれるのを眺めていた佐和紀は首を傾げた。

周平が子どもっぽいなんてことがあるだろうか。

「誰と比べんの？」

「俺とおまえ以外に誰がいるんだ」

ユウキだとか、他の誰かだとか……。

言いかけて、佐和紀はやめた。これ以上の嫉妬は、もうみっともないだけだ。胸の中に渦を巻くどす黒い感情を持て余しながら、テーブルの上の生ハムを摘まみあげて口に放り込む。

「酔えよ、佐和紀」

指先が、まだ湿っている毛先をいじる。

「どうして」

「少しはおまえが素直になるから」

「なんだよ、それ」

へらへら笑いながら、勧められるままにワインをぐいぐい飲み干した。

＊＊＊

あの夜のことは思い出したくない記憶のひとつになった。

慣れないワインをがぶ飲みした結果、佐和紀は酔っ払った。

酔っ払って、ろれつの回らない言葉で散々周平に詰め寄った挙句、舐めてやる舐めてやると言いながらベッドに連れ込み、それなのに結局は舐めてしゃぶられて気持ちよくさせられて射精もせずに爆睡した。

目が覚めたときには、全裸の周平に背中から抱かれて眠っていた。もちろん佐和紀も何も身につけていない状態で、だ。

周平からはフェラチオ詐欺だと笑われ、二日酔いの頭で屋敷に戻り、一日中寝て過ごした。

そんな詐欺行為をしたことはどうでもいい。

させたければさせればよかったんだし、させなかったのは周平だ。それは佐和紀の責任ではないだろう。問題は、そこではなかった。

挿れて欲しい、挿れてくれと、わめき散らしていたような気がするのに、そこに周平がちっとも触れないことが大問題だ。

そのとき、周平は何か言っていた。言い訳をしながら股間に顔を埋めようとした佐和紀を押しのけ、反対に恥ずかしい格好をさせて、舐めたりしゃぶったり吸ったりした。

「あああぁ」

一週間経っても、その記憶を思い出すだけで、佐和紀は柱にすがりついてしまう。

いちいち感想を口に出して言わされた。その上、どうして欲しいかまで口にさせられたのだ。それなのに指の一本も入れず……。

「もう、俺、嫌だ……」

佐和紀は頭を抱えて廊下にしゃがみ込んだ。

思い出すとおそろしいほど身体が疼く。残された呪《のろ》いは絶大だった。

泥酔して正体をなくした佐和紀相手に、周平は後ろの穴を嫌というほど、……嫌と言ってもがいても、泣いてもやめずに、気持ちがいいと言うまで舐め続けた。

「へんたい……」

それなのに、思い出すと、舌先で押し広げられた襞《ひだ》の感覚に佐和紀の身体はじんわりと熱くなる。変態はどちらなのか、もう考えるだけで辛い。

周平とセックスをするということがどういうことなのか、少しわかってしまった夜だった。

「佐和ちゃん、額が割れるわよ」

柱に頭をぶつけていた佐和紀が顔をあげると、京子が住まいにしている離れの方向から歩いてくるところだった。

「何をしてるの？　暇なら、外を歩かない？　東屋の脇の牡丹を切りに行くのよ」

「お供します」

佐和紀は従って庭に下りる。

岡崎とはあの翌日に会ったが、珍しくからかわれることもなく、黙って頭に手を置くとそれだけで去った。あれから、顔を合わせたのは数回だ。

春の定例会を行う段取りで組はどこか落ち着かない。

佐和紀はワンピース姿の京子を追いながら、申し訳ない気持ちでいっぱいになった。この一週間、京子と出かけるたびに繰り返し後悔に苛《さいな》まれている。

岡崎が冗談でからかってくる分にはよくても、岡崎を自分が誘うなんてことは卑怯だった。姉とも慕うこの人を傷つける行為だったと、気が落ち着いてからはつくづく身に染みた。

「お花見に行きそびれたわね、今年は」

東屋の脇に咲く牡丹を切りながら、京子が言う。

「佐和ちゃんは新婚旅行に行ったからいいか。私は京都に出かけたし。来年はみんなで宴会ができるといいわね。岡崎の舎弟も佐和ちゃんと飲みたがってるわよ。岡崎と周平さんが怖くて言い出せないみたいだけど」

「そうですか」

佐和紀は気の抜けた返事をして、牡丹の花を眺めた。周平の身体に彫り込まれた刺青を思い出す。鮮やかな花は周平自身のように存在感がある。

「どうしたの？　ぼんやりして」

京子が切った花を受け取りながら、佐和紀は木々の陰に群生して咲いている花に気づいた。淡い青とも紫ともつかない花弁はギザギザで、蘭《らん》の花のような姿だが、存在がもう少し繊細で頼りない。集まって咲いていても、華やかというよりは儚《はかな》い。はっきりとしない花色のせいなのか、それとも華奢《きゃしゃ》な印象の姿のせいなのか。

「あんなところに花が咲いてたんですね」

「ん？　どこ？　あぁ、シャガね。あの花は日陰が好きで、集まって咲くのよ」

初めて聞いた名前だった。見たのも初めてだ。

牡丹の花の華やかさと比べて地味なそれを、佐和紀は自分のようだと思う。目立たないところで、目立たない花色で咲いている。周平と比べれば、極道としてもあんなふうに頼りないだろう。

ユウキが単なる情人ではなく、組にとって有益な少年だとわかっていても、別れて欲しい会わないで欲しいとねだる、みっともない嫉妬心を隠せない。

周平は、あの子どもにも、ホテルのベッドの上で佐和紀をよがらせたように、後ろの穴を泣きじゃくるほど舐めただろうか。何もかもが目の前にさらけ出されて、佐和紀は死ぬほど恥ずかしかった。その恥ずかしさが快感に火をつけて、気持ちいいと言わされるたびにたまらなく感じて泣いた。あんな思いは一度でいいと思う建前から、もう一度、次はいつなのかと待っている本心が透けて見える。

人差し指で眼鏡のブリッジを押し上げながら、佐和紀は目を伏せた。

嫉妬と期待と恋慕が一緒くたになって、感情の起伏の激しさに疲れを感じる。

「なんだか、最近、冴えないわね」

京子の視線が、佐和紀の左手で輝くダイヤで止まる。

「よかったわ、見つかって」

事の顚末《てんまつ》を、京子はいつのまにか知っていた。割れたガラスはすぐに新しいものになり、組長からお小言を食らったのは周平だった。

「京子姉さん。俺……」

言わなくてもいいだろうと思いながら、黙ってはいられなかった。

この女性のことだから、すでに知っているはずだ。知っていて口にしない優しさを、受け流すことが良いことだとは思えなかった。

「岡崎と寝ようとしました。すみません」

その言葉に、京子は鋏を持つ手を止めただけで口元を緩めた。

「知らない振りしててあげたのに」

「裏切るようなことをして、すみませんでした」

京子はパチンと花の茎を切る。それを最後にして、佐和紀の手から預けていた花を受け取ると、新聞紙で手早く包んだ。

「いらっしゃい、座りましょう」

二人で東屋に入り、腰を落ち着けると、京子はうつむく佐和紀を覗き込んで首を傾げた。

「佐和紀が、私と争ってもいいと思うぐらいに岡崎が欲しいって言うなら、あんたの思う通りにしたっていいのよ」

「……嫉妬しないんですか。どうして、そんなこと言えるんですか」

佐和紀は顔をあげた。よほど必死の表情をしているのか、京子が笑いを噛み殺す。

「あんたが、かわいいからよ」

「なんですか、それ」

不満げに返したのは、みんな、それを言うからだ。岡崎も、周平も、京子まで同じことを口にする。それほど自分は世間知らずで子どもで頼りない存在だろうか。

京子は、そんな不満も見透かしたのか、今度は笑って手を伸ばしてきた。指を握られる。

周平とは違う、別の温かさに目の奥がじんわりと熱くなる。

佐和紀は自分が女と恋愛できない理由をつくづく感じ、静かに息を吐き出した。

女の柔らかな肌が醸し出す母性が、どうしても恋愛対象にならないのだ。死んだ母を思い出す。

「バカにしてるんじゃないのよ。……たった一人の親代わりのために、男同士の結婚なんて不毛な茶番に飛び込んできた、あんたのまっすぐさが私にはたまらないのよ」

目を細めて、京子は微笑んだ。

「私の弟はね、ここの跡を継ぐはずだったけど、組のために関西へ人質に出たわ。年頃になれば戻って跡継ぎになるはずだったけど、向こうの幹部の代わりになって刑務所に入ったのよ。そうすることで向こうに恩を売ったの、大滝組のためにね。そして、今はもうすっかり身を引いてしまって、国内にもいないわ。元から嫌だったのか、向かないと思ったのか……。でも、あの子のおかげで、関西はうちの組には手を出してこない。粉をかけられて参ってる関東の組はけっこう多いけどね。私は、あの子を思い出すのよ。あんたを見てると」

「姉さんは、この世界に向いてますね」

「男だったらねぇ、跡を継いだでしょうね」

京子は苦々しく顔をしかめた。

「でも、私はどこまで行ったたって、女だからダメ。でも、あんたは男だわ、佐和紀。綺麗な顔してても、男どもを骨抜きにしても、佐和紀は男よ。あんたにしかできないことがあるわよ」

「……よその幹部をたらしこむとか」

「それができる器用さがあんたにあればねぇ。こんな結婚しなくても済んでたんじゃないの？」

あっさりと切り返されて、佐和紀はがっくりと肩を落とす。

「ですよね。無理です」

こおろぎ組のために幹部たちと関係を持ったが、相手は元々こおろぎ組にいた人間ばかりだった。金と引き換えの行為も、しごき合うだけでキスひとつしない味気ないものだった。

それで許して、気前よく金を出してくれたのは、やはり彼らにとっても佐和紀はかわいかったからだろう。すがりつくこともなく虚勢を張って、男も女も知らない無垢《むく》な身体を切り売ろうとする覚悟は、まっすぐで誰の目にも眩《まぶ》しかったのだ。

それを、佐和紀だけが自覚していない。

「ねぇ、佐和紀。どうして、岡崎を誘ったの」

「……」

核心を突かれて、言葉がなくなる。

「岡崎のことも好きなの？　男としてのあの人がどうしても欲しいなら、いいわ。でも、そうでないなら、あの人の男を下げるだけだから、私は許さない。私は岡崎の妻だから、あの人の男が上がるなら、佐和紀と寝たっていいと思ってる。……だけど、あの人の男が下がると知っていては無理よ。できないわ」

いつになく真面目な京子は、それでも不思議なほど穏やかだ。

「俺には、そんなこと、思えそうにもないです」

組の仕事のためとはいえ、周平がユウキとどんな付き合い方をしてきたのか、考えるだけで腹立たしい。

「……惚れてるんです。だから、嫌だ。他のヤツとなんて」

自分と出会う前の二人にさえ嫉妬してしまうぐらいなのに。

「あんたは、たまに、食べたくなるぐらいかわいいわね。好きなら、それでいいじゃない。うちの亭主をからかってる場合じゃないと思うわよ。それに、周平さんだって」

「でも」

佐和紀は言葉を遮った。言いたくない。けれど、ここ最近、ずっとこのことを考えている。

結局、誰かには聞いて欲しいのだ。

「何？」

京子が先を促してにっこりと微笑んだ。

「……ないんです」

「え？」

聞こえないと、耳のそばに手のひらを立てた京子に、佐和紀は視線をそらして繰り返した。

「あんまり、挿れてくれない……」

「……え？」

「なんでもないです」

はっきり口にすると、自分の言っていることのとんでもなさに気づいた。

いくら姉のようでも、姉のようだからこそ、女性にこんなことを言うのは間違っている。

「いや、ごめん。違うのよ」

京子が手を振り回して笑った。

「驚いたのよ。あんまりにもかわいいこと言うもんだから。そう……、そんなこと、気にしてたなんて知らなかったわ」

知っていたからといって、どうにかされても困る。

佐和紀は複雑な気持ちでうつむいた。

「あの子は、本当にあんたが好きなのね」

「……」

「不満なのね？　言えばいいじゃない。してくれ、って」

「言えませんよ。俺は男だし。そういうのが好きだって思われて、嫌われたくない」

露骨にすがってあきれられたりしたら、再起不能になりそうだ。

「……ないわよ。嫌われるなんて、そんなの。絶対に。岡崎を賭《か》けてもいいわよ」

もらっても嬉しくないなと思いながら、佐和紀は笑った。

京子が顔を覗き込んで視線を合わせてくる。

「ちゃんと言いなさいよ。どんなことだって、それが夫婦なのよ。家族なの。……家族に望まなくって誰に望みを言うの？　私も岡崎も、あんたがかわいいと思うから、望むなら何でもしてあげたい。でもね、それは違うでしょう？　佐和紀の求める、安心できる信頼関係じゃないと思うわ。もしもね、望んでも応《こた》えないような周平さんだったら、そんな腰抜けは捨てて岡崎にしときなさい。まだ、マシだわ」

「無理ですよ」

佐和紀は苦笑した。

「……惚れてるんです。周平だけがいいんです」

「あの子と家族でいたいのね」

「……縁あって、夫婦になれたから」

家族がどういうものか、夫婦がどういうものか、佐和紀にはまだわからない。けれど、周平を紙切れだけで縛りつける特権を持っているのだと思うと、今の関係を白紙に戻す気にはならなかった。大義名分があるだけで、佐和紀の気持ちも変わってくる。

「そうね、それがわかってるなら、なおさら、自分からちゃんと言葉にしなさい。照れても逃げても意味ないのよ。気づいてくれるだろうとか、求めた方が負けだなんて思っちゃダメ。余計なストレスになるだけよ」

「はい」

佐和紀は素直に返事をして、ふいに胸をかすめた疑問を口にする。

「周平が床上手だって誰から聞いたんですか」

確か、披露宴の当日に京子から言われた。それが京子の経験でないことは信用しているが、教えた人物が身近にいるのだろうか。

「私じゃないわよ」

京子が驚いたように目を見開いた。

「知ってます。友達ですか」

「え……、えっと……」

京子は黙り込んで乾いた笑いを浮かべた。

＊＊＊

結局、京子が噂を聞いたのは不特定多数だということがわかり、佐和紀はげんなりとした。落ち込んだと思った京子から言葉を尽くして慰められたが、そういうことではないと説明するのは難しかった。

美少年ならユウキのような玄人、美女ならホステスか人妻がほとんどだということがわかっただけで、佐和紀には何の得もない。どうして聞いてしまったのか、自分のうかつさを少し恨んだ。

周平のことなら知りたいと思う。しかし、知らなくていいこともあるだろう。

距離が縮まれば気にならなくなると京子は言ったが、佐和紀にはなおさら理解できなかった。距離を近づけるために知りたいと思うのに、知れば一方的に傷ついてしまう。

風呂に入った後、火照った身体を離れの廊下のガラスに映して外を見ながら、佐和紀は鼻をすりあげた。いつもなら夜はパジャマだが、今夜は浴衣《ゆかた》だ。

温かい湯船の中で、熱海での夜と一週間前の夜を思い出し、涙が込み上げた。

自分に家族ができて、そのたった一人に嫌われたくなくて、できれば熱烈に愛して欲しくて、もがき苦しんでいる自分がたまらなかった。

みっともないと思い、同時に、そのみっともないところさえ嬉しいと思った。

周平が同じように好きでいてくれていることはわかっている。

ふとした瞬間、痛いほどの視線を感じる。振り返るとそこには必ず周平がいて、佐和紀を見つめていた。夜遅く帰ってきて佐和紀の布団に忍び込み、何をするでもなく寄り添ってしばらく過ごしているのも夢うつつに知っている。去り際には必ず髪にキスをして、「佐和紀、好きだ」とささやくことも。そんなすべてを思い出して、佐和紀の目から涙がこぼれる。

愛するということが、愛されるということが、自分の人生で欠けていたことだと思うと、その孤独が身に染みて泣けてしまう。周平と出会ってから、子どもの頃にこらえた涙を、順番に流している気がしてしかたがない。

佐和紀が居間の戸を開けると、周平はいつものように眼鏡を光らせて、テーブルに積み置かれた書類に目を通しているところだった。

Ｔシャツとスラックスの上にガウンを羽織っている。

「周平」

「どうした」

佐和紀の声に、顔をあげずに周平が答える。一分一秒も無駄にはしたくないのだろう。その分、睡眠時間が削られるからだ。

「もう、終わる？」

「いや、今日はたっぷりある。テレビ、見るのか？」

「ううん、違うけど」

佐和紀は首を振った。周平は書類を目で追いながら親指を立てる。

「ウィスキーを作ってくれるか」

「水割り？」

「ダブルの水割り」

注文通りのものをワゴンの上のウィスキーで作る。氷は壁に沿って備え付けられた小型の冷蔵庫から出した。

「ユウキのことだけど……、きつい処分はしないで欲しい」

周平の隣に座りながら言うと、視線がちらりと佐和紀を見た。

「どうしたんだ」

あの後、ユウキがどうなったのか、石垣に尋ねたがはぐらかされた。

とりあえずお仕置きが済んで、あとは沙汰待ちだと教えられただけだ。

「俺のみっともない嫉妬で、組やおまえに迷惑をかけられない」

「バカだな。おまえにケンカを売るってことは、俺にケンカを売るってことだ。ってことは、組にケンカを売ってんだよ。あんなのにデカイ顔をさせておくほど、うちは甘くない。他に示しもつかないしな。おまえが気にすることじゃない」

書類から視線をはずして、眼鏡の下から目頭を押さえた周平は水割りを一口飲んだ。疲れたと言いながら息を吐き出して首を回し、ソファーで横向きに座って佐和紀を見た。

「泣いたのか？」

書類をテーブルに戻し、周平は首を傾げた。

「また目元が赤いな。こすっただろう。おまえは、どうしてそうも泣くんだ。しかも、俺の知らないところで。またアニキに泣きついたりしてないだろうな？」

親指が頬を滑る。佐和紀はその手を摑んだ。温かい。

風呂に入ったばかりの自分の指の何倍も熱い。周平の親指の指紋を爪先《つめさき》で削るようにいじりながら、佐和紀はうつむいてぼそぼそと言った。

「あんたが、泣くようなことをしてくれないからだ」

一週間前の痴態を思い出して身悶えたくなったが、やり過ごしてくちびるを尖《とが》らせる。

「うん？　泣かせて欲しいのか。あんなに嫌がってたくせに」

「……その……」

佐和紀にとっては一世一代の口説き文句を冗談で混ぜ返されて、後はおろおろと視線をさまよわせることしかできない。

「言えよ、何をして欲しい」

「言えるか、素面《しらふ》で」

あの夜はワインがいけなかったのだ。慣れない高級ワインを飲みすぎて、頭がおかしくなっていたとしか思えない。

あんな格好で、あんなことをされて、恥ずかしいのに燃えたなんて、思い出すだけで気が変になりそうだ。

「じゃあ、酔えよ……」

節くれた指に首筋を引き寄せられ、重なったくちびるから強いアルコールが流れ込んでくる。

「んっ、く……」

あっという間の口移しで、佐和紀はウィスキーを飲みくだした。

「佐和紀」

襟足からうなじ、そしてあご先を、水が流れるように指先がかすめていく。身体が熱を感じる。甘いキスに吐息が漏れた。

「癇癪《かんしゃく》は起こさずに、思っていることはストレートに言えよ。俺に。……俺にだけにしとけ。何でもしてやる」

今度は下くちびるを吸われ、佐和紀は身体につけられた火が燃え上がる感覚に目を細めた。

「……トップ張れって言っても？」

「いきなり、それか」

周平が笑う。

「本気で言うならな。おまえにいいとこ、見せるよ。岡崎を蹴落としても。でも、今はそういうことじゃないだろう？　逃げるなよ。おまえが求めてることを教えろ。……どんなことで、俺に泣かされたいんだ」

周平の口ぶりがいやらしい。

頬が燃えるように熱いのは口移しのウィスキーのせいで、そうでないなら知恵熱でも出たのだと、佐和紀は自分に言い聞かせて両手で顔を覆った。慌てすぎて眼鏡に指がぶつかる。

「もう、いい……」

「よくないだろ。眼鏡のレンズが汚れるぞ」

「すぐに、そうやってからかうだろ」

「どこが、からかってるんだ。こっちだって、真剣だよ……。まぁ、見えないか」

笑って息をつく気配がする。

「悪かったよ。悪かった。おまえが恥ずかしがるから、調子が狂うんだ」

「……嘘つき。違うだろ。あんたがからかうから、俺が恥ずかしくなるんだ」

「バレてるな……」

周平の手が、うなじを撫でた。

「おまえといると、いつも調子が狂ってるのは本当だ。何を言っても嘘に聞こえるだろうけどな。言いたいことはたくさんある。おまえが素直に聞いてくれるようになるまで取ってあるだけだ。……俺は我慢強い男なんだよ」

「背中の墨を見ればわかる。それだけの色柄を入れるのは並大抵じゃないだろ」

「……まぁな。本当に、俺の墨が好きだな、佐和紀」

「肩ぐらいになら入れていいかな」

「俺に聞くのか」

周平が目を細める。視線が合って、ゆっくりと絡み合う。周平の手を掴んで口元に引き寄せた。

視線を合わせたまま、くちびるに押し当てる。

「俺は、おまえのものだろ。……俺の身体の全部、周平のものだ。それで、いいんだ」

「……殺し文句だな」

周平も佐和紀の指にキスをする。そのくちびるを見つめながら、今なら言えそうな気がした。

「俺、さぁ……。足りないんだ」

「何が」

きれいに撫で上げた髪の周平が笑っている。

いつからだろうか。こんな目をして見てくるようになったのは。出会ったときは、窓の外に吹いていた風と同じぐらいに冷たい目をしていたのに。

時間は確実に過ぎている。

「触るだけじゃ、足りないんだよ。な、舐める、だけ、も……」

「ほぅ……」

眼鏡の奥の瞳は、理知的だ。佐和紀とは違って、何もかもを見透かしている。

「なんで、挿れないんだ、よ」

口の中が乾く。それだけを言うのがやっとだった。

「……それは、佐和紀が感じすぎるからだろ」

短く息をついて、周平は続ける。

「敏感すぎて、痛がってるように見えるんだ。そんなの気にしたことなかったのに、本当に痛くさせてたらと思うと、心配なんだ」

「俺は……」

膝の上で、拳を握る。

「周平ともっと繋がりたい」

「どこで？」

拳をほどいてくる節くれた太い指が、佐和紀の指に絡んでくる。

「こういうんじゃないんだろ？」

「やめろよ。いじめるな、嫌だ」

ぷいっとそっぽを向くと、手のひらで元へ戻される。

「ごめん、悪かった。またからかったな。嬉しすぎて、恥ずかしいんだよ。こっち向け。俺を見て。佐和紀、キスをしよう」

「今は、無理……」

心臓が高鳴って、呼吸が苦しい。今、くちびるをふさがれたら完全に息が止まりそうだ。

「無理なわけないだろ。足りないって言ったのはどの口だ。俺を欲求不満で悶え死にさせるのか」

くちびるを避けて、キスが頬やあご先に繰り返される。指が頬骨をなぞって動き、佐和紀は息を乱した。

「毎日抱きたいのは、俺の方だ。昼間からデキもしないことをあれこれ考えて、おまえが聞けば悲鳴をあげて逃げるようなことを、頭の中では散々繰り返してる。高校生だった頃だって、こんなに妄想はしなかったぐらいだ。俺だって大変なんだよ。なまじアレコレ知ってるだけに、最悪なんだ。我慢してるのを察してユウキのバカは誘ってくるし。でも、寝てない。……寝てない」

二度繰り返すところが怪しかったが、佐和紀は何も言わなかった。

周平がどんな妄想で自分を犯しているか、佐和紀には想像もできない。しかし、それぐらいセックス経験の豊富な周平が我慢したとなると、自分の比ではない気がした。

本当にそのすべてを挑まれていたら、今頃荷物をまとめて家出しているかもしれない。

一週間前のアレが佐和紀にセックスの現実を教えていた。

周平が本気を出したら、気持ちよくて泣くぐらいでは済まされないだろう。

「どうして、寝なかったんだよ」

「どうしてって……。約束したからだろ。他の情人《いろ》に突っ込んだものを、おまえに使えないなんて、ホント、ガラでもない」

深いため息をついて、周平は額を押さえた。

「したんだよな。フェラぐらい、させたんだろ。……それで、俺のこと、想像したんだろ」

言っているうちから、苦しいほど動悸《どうき》が激しくなる。

絶対に自分にはしないだろうことを、ユウキにしていると想像して欲情した。それは嫉妬とはかけ離れた、うす暗い淫猥《いんわい》な妄想だ。

「エロい顔して……。何を想像した？　聞かせてみろよ」

くちびるをなぞられて、佐和紀は目をそらす。

「いつか、あいつぐらい上手くなる……と思う」

「だとしても、えずくほど喉の奥でさせたりはしないけどな」

「……鬼畜」

「プレイだろ」

「やっぱりしたんだな」

「昔の話、だろ？」

笑う周平はのらりくらりと本当のことを言わない。

「苦しいぐらい、くわえてみるか」

「周平が、して欲しいなら」

「……思ってないよ。バカだな。素直になるとトコトンだから、怖いんだよな。そういうこと言ってると後悔するぞ。いやらしいことはまだ山ほどあるのに」

そう言われて、

「絶対に、浮気するな。したら殺す」

軽いキスをしてから、佐和紀は言った。

きっと許してしまうだろう。盛大に嫉妬して、盛大に怒って、けれども好きだから、許してしまう。周平を失いたくないのは自分の方だ。

だから、どんなことがあっても、本当のことを言わないでくれれば、それを信じるだけだ。

「言ってることと、してる顔が真逆だろ？　おまえは、俺の嫁になってくれただろ？　裏切らないよ。俺はおまえの旦那で、たった一人の家族だ」

左手のダイヤに口づけをして、周平が頰に手を添えてくる。目を覗き込まれて、佐和紀は逃げるように立ち上がる。手首を摑まれた。

「どこ行って泣くつもりだ。泣くなら、ここで泣け。なんなら、俺の指で泣かせてやろうか」

佐和紀は振り返って、ソファーに座っている周平を見下ろした。

「わかったよ、佐和紀。こっちへ来い。抱かせろ。今夜は奥までじっくりと犯してやるから。早くしないと、手加減する理性も飛ぶぞ。来い」

素直に従うと、周平はまたウィスキーを口に含んで、ソファーに座った佐和紀の肩を押さえるようにくちびるを重ねた。

「んっ」

小さな氷が、くちびるの隙間から押し込まれ、追ってきた周平の舌が絡む。氷の受け渡しを繰り返しながら、口の中をなぞられ繊細な舌同士が触れ合った。

「俺が好きか、佐和紀」

氷が溶けきったのに、口の中も身体も妙に熱い。ガウンを脱いだ周平の首に腕をまわしたまま、潤んだ目で端整な顔立ちを見上げた。小さくうなずく。

「アニキに誘惑されるなよ」

「もうしない」

「何でも俺に言え」

「……」

無条件に頼っていいのだと、腑《ふ》に落ちた。こおろぎ組の組長にさえ感じたことのない安心感に、やはり涙が込み上げてきて、周平のスラックスのホックをはずす。

何か別のことをしていないと、本当に泣いてしまいそうで怖い。

「本当にわかってんだろうな、おまえは。……まぁ、いいな。佐和紀の言う『いつか』のために少しずつ教えてやるよ」

「んっ……」

何をと聞くことができなかった。それは浴衣の合わせを開く手に教えられている。

「さぁ、どうするかな？　ここを徹底的にいじろうか？　それとも、また泣くまで後ろを舐めてやろうか」

「い、いやっ……だっ」

「でも、ローションは寝室だしな」

「と、取りに行く」

立ち上がった手をまた引き戻されて、ソファーの背に腕をつく。片膝をつくと、もう片方もソファーの上に促された。

「そんな悠長なこと言ってる暇はねぇよ」

後ろから抱きついてきた周平の片手が胸に、もう片方が下着の上から股間に伸びて、佐和紀はびくっとあごをそらす。

「んっ、ふぅ……ん」

乳首と性器を同時にこねられて、初めから素直な甘い声が出る。佐和紀は目を閉じてソファーの背を摑んだ。

周平の手が下着をずらす。氷を使ったキスですでに勃起していた性器に指が絡まると、身体中の感覚がその一点に集中する。指と手のひらにしごかれ、か細い息が漏れた。

「あ、んぅ……ぅ。……んっ」

周平の片手は、胸には戻らずに臀部《でんぶ》のスリットを分けた。

「あぁッ……！」

入り口に指先を押し当てられ、佐和紀は一週間前の恥ずかしさを思い出して身をよじる。

逃げようとしても、周平が許すはずはなかった。望んだのも自分だ。

尻たぶを広げられて、奥まった場所に舌が這う。

「ん、んんっ……」

鼻から漏れた息が甘く響き、嫌だと思いながら佐和紀は自分の声に感じた。

柔らかな舌は襞をなぞり、唾液で濡らした指が侵入してくる。

思わず力を入れたが、指は出たり入ったりを短く繰り返す。第一関節が入り口の締まっている箇所を刺激して、佐和紀は声を噛み殺すしかなくなった。

恥ずかしいのは、そこが感じる場所だからだ。

ぬくっぬくっとリズミカルに動いていた指が抜かれて、尖った舌が差し込まれた。周平の息が肌に当たり、佐和紀は小刻みに震えてしまう。

「い、いや……だ」

嫌悪感と似ているそれは、まったく別の意味のものだ。身体中の毛が逆立ち、毛穴が開く。

それが強い快感の訪れだと、もう知っていた。

少しずつ時間をかけて教え込まれた快楽の種が期待感でむずむずと芽吹き始めている。

「ん、ふっ……んっ！」

大きな声をあげそうで、手の甲に顔を伏せた。周平の手が股間に伸び、やわやわと袋を触る。濡れた舌を入れられる感覚とあいまって、背筋に痺れが走った。

「あ、あっ……いやっ」

足の爪先《つまさき》がぴんと伸びて、性器が膨張して反り返る。

「佐和紀のイヤは、どっちのイヤなんだ」

顔を離した周平が尻の肉を揉みしだく。じわりと熱が広がり、佐和紀は身悶えた。周平はゆっくりと指を差し込み、内壁をぐるりと撫でる。痛みはなかった。周平の指の温《ぬく》もりが快楽を煽り、よく知った気持ちよさと指を押し込まれる圧迫感に責められて息が乱れた。

指で掘られながら性器をしごかれる。

「あぁっ……、あぁぅ」

ズクズクと出入りする指を締めつけて、絶頂のふちまで押し上げられた佐和紀は射精したくなった。もうそこまで、というところへ連れていかれ、あと数回しごかれたら出そうだと目を閉じる。眼鏡がずれて押し上がり、床に落ちたが気にならなかった。

呼吸とタイミングを指のリズムに合わせようとしたところで、ふいに指を引き抜かれて戸惑った。その戸惑いが引かないうちに、周平が腰をこすりつけてくる。いつのまにか大きくなった周平のそれがほぐれた中心に押し当たり、佐和紀の身体を引き裂くように進んだ。

「やっ……」

揺らした腰を両手で摑まれ、半ば強引に押し込まれる。唾液で濡らしただけのそこは、まだじゅうぶんに開いているわけではないのか、周平を飲み込もうとしながらぎちぎちときしんで、佐和紀を不安にさせた。

「あ、はぁっ……あっ」

想像しなかった快感がそこにあった。熱い肉を受け入れた内壁が律動して、佐和紀はつくづくと身体に馴染《なじ》んだ周平の半身を愛《いと》しく思う。

いつのまにか、身体はその形をおぼえている。

存在感のある大きな亀頭と太い幹に熱い息が漏れ、これが周平だと思った。

そして、そう思うことが強い充足感を生む。

「あぁっ、あぁ……っ」

熱をはらんだ腰の奥から滲み出した感情が、大きな波になって佐和紀を包んだ。

周平は初めから激しく突いてくる。奥の一部分をこすられると、そのたびに内壁がぎゅっと収縮して、出入りする杭《くい》を包んだ。

感じるスポットを知っている周平は、巧妙に腰を使う。

タイミングをわざとはずされ、佐和紀は焦れて身をよじった。

「ぁふっ……、ん……」

「言えよ、佐和紀。どうして欲しい」

欲情の熱っぽさがある周平の声に、佐和紀は髪を揺らして首を振った。

言えないと拒んだが、慣らされた身体の方が正直で目に涙が滲む。

「……突いて、もっと……、突いてっ」

やけになって叫んだ。じりじりと身を焦がす快感が迫ってくる。

「いい子だ」

低い声に耳朶《じだ》をくすぐられ、佐和紀はびくびくっと腰を揺らして悶えた。周平の動きが一気に加速して激しくなる。熱い息使いを耳元で繰り返されると、淫《みだ》らな感情と快楽の両方に翻弄《ほんろう》されて喘いだ。

声がひっきりなしに漏れ、恥ずかしいほど腰をくねらせてしまう。

「ひぁっ……はぁっ、はぁっ……」

「いやらしいな。佐和紀。すごくいやらしい動きしてる」

腰を撫でられ、痺れが走った。

「はっ、あっ……あっ……はっ」

ソファーに上げていた片膝がずれて落ちかけたところを抱き止められて、繋がったまま身体を反転させられた。驚いている間に腰を抱えられ、背もたれの頂点に背中を預ける不安定な体勢で向き合った。

「しゅう、へいっ……」

両手を差し伸ばして首に巻きつける。

「興奮するよ。壊れるまで抱いてやりたい。……壊れろよ、佐和紀」

鋭いまなざしが眼鏡の奥で暗い情欲に光る。佐和紀は喘いで眉根を引き絞った。こらえきれない快感に、立ち上がったモノの先端から先走りがこぼれ落ちる。

「ぅくッ……ふ、……んっ」

小刻みに揺すりあげられ、声にならない息遣いがすべて嬌声《きょうせい》に変わる。

もうとっくにタガは外れていた。どんないやらしい言葉でも、教えられていれば口にするだろう。しかし、今の佐和紀は何も知らない。

「あぁっ……ッ」

腰を引き寄せられた。さらに奥へとねじ込まれる。佐和紀は開いた足の間へ無意識に視線を向けた。先走りで濡れた自分の昂ぶりが揺れているのが見えている。

「さすがに、締めてくるな……ッ」

苦しそうに精悍な眉をひそめた周平は、Tシャツを脱いで息をつく。

「俺でいっぱいになってるだろう？　気持ちのいいところに当たってるか？」

性器の裏筋を指で撫でおろされた。

「っ……ん、はぁ」

激しいピストン運動で乱されていた呼吸が、わずかの休息に落ち着きを取り戻す。佐和紀はそれでもひっきりなしに押し寄せる小さな波をこらえながら、手の甲をくちびるに押し当てた。

周平が入っている後ろの粘膜は押し広げられ、息をするだけで張り詰めたものがこすれて辛い。そこが周平の言う、いいところなのかはわからない。しかし、亀頭のふくらみが押し当たると、息が詰まってしまう場所があった。

「せつないか、佐和紀」

こめかみの髪を撫でる指の温もりに、佐和紀は素直にうなずいた。

胸の奥に広がる、甘い痛みはきっとそう表現するべきものなのだろう。

自分と繋がって、熱っぽく興奮した目をする男の表情が、たまらなく物悲しい。

覗き込まれて視線が絡むと、込み上げる激しい感情に突き動かされて、周平の頬を両手で触った。くちびるが追ってきて、爪の先を吸われる。

「ぁ、はぁっ……あ、あぁ……」

背筋に痺れが走ったのを見透かした周平の手が、佐和紀の昂ぶりを根元から先端までしごく。指の輪にくびれを刺激されて、佐和紀はもう限界だった。

「くっ、ふ……ッ」

身体を丸めて息を吐き出すのに合わせて、周平の手の中にドクドクと精液が流れ出る。

「んんっ……ん」

佐和紀は声を噛んだ。やみくもに駆け上がって放つ以外に、射精の種類があるなんて、周平とセックスするまで知らなかった。緩やかな吐精の甘い快感に震えていると、手を剝がされてくちびるに触られる。

「これで俺に集中できるな」

指で歯をなぞられ、佐和紀は潤んだ瞳を上げた。瞬間、息を呑んだ。

半分引き抜かれた熱が激しく押し込まれる。

「やっ……、ぃやッ……」

ダラダラとした射精後の解放感に浸っていた身体には、いっそうキツい。

「摑まってろよ」

言われて力を入れるより早く、周平の手が動いた。揺すられながら胸の薄い肉を揉まれて、佐和紀は小さく悲鳴をあげてのけぞる。

「……や、やだっ……やっ」

体勢を崩しかけた身体を抱いた周平が苦笑した。

「まだ両方は無理か」

佐和紀はしゃくりあげながら、イヤイヤばかりを繰り返す。自分でも子どもみたいだと思い、周平があきれて気分を害するのではないかと不安になる。

「ごめっ……でも……」

恐る恐るしがみつく。

「わかってる。途中でやめられるわけがないだろ。まだ始まったばっかりだ」

目尻にキスをされて、安堵《あんど》の息をついた身体が宙に浮いた。戸惑った佐和紀に向かって
にやりと笑った周平が一言、移動だと言う。

「お、降りる……」

「動くな。抜けるだろ」

「……ぬ、抜けよ……」

佐和紀は涙目で頼んだが、さらりと無視される。

力強い腕で尻を抱えられ、周平が歩くと結合部分に振動が伝わる。

「ま、マジで……」

信じられない。重くないのかと問おうとして、佐和紀は血の気が引くのを感じた。

「佐和紀……おまえ」

寝室へ到着する前に、廊下の壁に背中を押しつけられる。周平が腰を動かした。

「あ、あぁっ……やっ」

何が周平の気持ちを変えさせたのかわからなかった。佐和紀はただ、こんなところを舎
弟たちに見られたら大変だと思っただけだ。

見られたくないと考えたのと同時に、かすかな興奮もおぼえた。

「あ、ぁん。やめ……、こんな……あ、あ、あっ」

「こんなところで？　その割には後ろが緩んで、気持ちよさそうになってるよな？」

「……やっ……周平……やっ」

「そのイヤヤが、俺を興奮させるって、わかってないのが問題なんだよ」

息を乱しながら、ずり落ちる身体を押し上げるように抜き差しを繰り返す周平を見た。熱っぽくすがるような視線になる。

「ウブですれてなくて、どこを触っても敏感で。……あぁ、処女も悪くないなって、な。おまえを抱いていると思うよ」

「うっ、んっ、んっ……」

佐和紀を揺すり上げる周平の息も乱れている。抱えられた足先がぶらぶらと揺れ、夜の庭に面したガラス戸にいやらしく映った。

「百戦錬磨で鳴らした俺が、こんなにサカって、恥ずかしい以外の何なんだよ。佐和紀、今夜は徹底的に責任を取らせるからな」

「……んっ、ふ……ぅ、うん……」

目の前の刺青に爪を立て、牡丹の花びらを引っ掻く。佐和紀が目を潤ませると、押し込まれた熱が、中でぐんと容積を増す。

「くそっ……ここで中に出してやろうかっ……」

余裕のない声で周平が唸《うな》る。

「や……、いやっ！」

激しく首を振ってしがみついた。

「……っ、ねがっ……」

周平にまた抱え上げられて、今度は寝室にたどりつく。

二組並べられた布団の片側に下ろされ、ようやく落ち着ける場所に寝そべった佐和紀は、汗で額に貼《は》りつく自分の髪を掻き上げた。周平を受け入れた場所は、もう蕩《とろ》けきっている。苦しさもなく、動かれると甘い息が漏れる。

腰を引きずり寄せられ、両腕を頭上に伸ばす。剝いだ掛け布団に指先が触れた。摑んで鼻先をこすりつけると周平の匂いを感じた。それだけで頭の芯がぼぅっと痺れてしまう。

「中に出されたくないのか」

からかっているのかと視線を向けると、想像に反して周平が真面目な顔をしていた。

佐和紀は思わず笑いながら、片手を伸ばす。袖を通したままで乱れている浴衣の帯は、どこに行ったのか。もう、わからない。

頰に触れるとすり寄るように中指を舐められた。口にくわえられ、唾液が絡む。

佐和紀はゾクゾクと背筋を震わせながら、周平を見つめた。

「あんなとこ、で……っ」

中に出されたら感じすぎてしまう。

本当に気持ちよくなったら、どうなってしまうのか。それは一週間前に指で教えられた。前後不覚になって叫ぶ、あの怒濤《どとう》のような快楽の時間は思い出すだけで淫靡《いんび》だ。

そして、甘美で忘れられない。

佐和紀は無意識に舌なめずりした。くちびるがひどく乾くのは、身体が熱いせいだろう。

「ぅ……んん……」

周平の指が乳首を探った。自分で触るとくすぐったさも感じないのに、周平にいじられると、そこはたちまち性感帯になって佐和紀を責めた。

股間で半勃ちになっていたものが、むくりと起き上がる。

片手で乳首を摘まんだり押しつけたりされている間中、もう片方の手はいたずらに佐和紀の昂ぶりの周りをさまよった。下腹部を撫でられ、湿っている茂みに指が潜る。

「あっ、はぁ……あぁっ」

開いた足の付け根をなぞられ、声があがってしまう。鼻をぐずらせて、佐和紀はまた手の甲を口元に押し当てる。

周平はゆっくりと動き始めた。

リズミカルに奥を突かれて息が乱れると、今度はギリギリまで抜いて一気に貫かれる。

押し込まれる衝撃に呻《うめ》いて、のけぞりながら足の先でシーツを蹴った。
「あぁ、ん……、あっ、……はぁっ……」
乳首を指で弾かれ、柔らかい内壁を硬い性器でこすられ続けると、泣きたくなるような
じれったさを覚えて佐和紀は間断なく声をあげた。
掛け布団にすがり、自分の手に顔を押し当てて息を吐く。
興奮して乱れていく周平の息遣いを聞きながら、潤んだ視線をちらちらと向ける。めっ
たに眼鏡をはずさない周平は、今もレンズの向こうから佐和紀を見ていた。
感じている顔も身体もはっきり見えるだろう。そう思うと、腰がカッと熱くなって、締
めつけられた周平が小さく呻いた。
「何に、反応したんだ……」
佐和紀は答えられなかった。答えようと口を開いた直後に、周平が激しく動いたせいだ。
「ひっ……ぁ。あ、ぁっ、あ……あっ……」
互いの肌がぶつかり合う音が乱れた息遣いの充満する部屋に響いて、佐和紀は身体をよ
じった。
「一回、イかせろ……ッ」
周平の動きがいっそう激しくなる。佐和紀はたまらずにのけぞった。腰を抱かれ、奥を
突かれて悲鳴をあげる。

「やっ……、あ、あ、……んん、んん、はっ……くぅ……ッ！」

周平が達するよりも早く、二人の身体の間で揉みくちゃにされた佐和紀がまた射精した。

「あぁっ、あぁっ、あー……」

「……うっ、んっ……！」

遅れて周平も達する。熱い迸《ほとばし》りを注がれて、佐和紀の身体が射精感とは違う快楽を貪って痙攣した。

「やっ……、やだっ……！」

未知の悦楽に怯えて叫ぶ肩を、水底から引きずり上げるように抱かれる。

佐和紀は両腕で抱きついた。

「あっ、あっ、あっ！」

止まらない腰の律動に、周平が眉根を絞って腰を揺らした。

つい今しがた吐精を果たしたばかりの周平の性器が、内壁を押し広げてまた力強く膨み始める。目を白黒させてのけぞる佐和紀に申し訳なさそうな苦笑いを見せ、周平は揺らめく腰から性器を一度引き抜いてグッと差し入れた。

「ひぁっ……ぁん！」

ただでさえ痙攣が止まらない身体を刺激されて、佐和紀はたまらずに泣き声をあげた。

突かれるたびに、嬌声がくちびるから流れ出る。それが本格的な『泣き』になるまで、時間はかからなかった。

胸あたりから足の先までがコントロールを失って痙攣する。身体全体が性感帯になったように、どこに触れられても、ただシーツがこすれても、佐和紀は泣きながら身悶えた。

「嘘だろっ……くそっ」

獲物を追いかける、鋭い野生の瞳をぎらつかせて周平が汗を流す。

「あぁー……ッ。あー……ッ！」

佐和紀の性器は鎌首をもたげたまま、完全には勃起していない。それなのに、佐和紀は絶頂感の中で叫びをあげた。

目の前が真っ白になり、息が止まったような気さえした。

身体がひくひくと波打ち、かと思うと、時折、びくっと大きく弾む。胸を合わせるように周平に抱き寄せられ、佐和紀は何もわからずに背中に爪を立てた。

快楽を超えた絶頂の中で、身悶える腰が周平に射精を促した。

戸惑った声を出した周平が何か文句を言ったが、佐和紀には聞き取れない。

「いやっ、いやっ……、つか、まえて……っ」

怯えるくちびるをキスでふさがれる。

「んっ、ふっ……！　んー、んーっ」

佐和紀は一際大きくのけぞって身体を弾ませ、一気に脱力した。

しばらく周平は労《ねぎら》うように背中をさすっていたが、佐和紀の浅い呼吸が深いものに変わっていくに従って身体をそっと離す。佐和紀はどれぐらいの時間か、記憶を失った。

意識を飛ばしたわけではなく、何をすることもできず、ただ自分の鼓動の音だけを聞いていた。身体中に響くリズムが落ち着くと、ようやく息が整う。

話すのも億劫《おっくう》だったが、布団の端に座ってタバコを吸っている全裸の足に手を伸ばした。ほどよく生えた毛並みを撫でる。

「おまえは悪魔だ……」

煙を細く吐き出して、周平は振り返らずにつぶやいた。

「え？」

不安を感じて聞き返すと、肩越しに鋭い視線が向けられた。

「何も知らない処女の顔をして、俺から絞り取った人間はおまえだけだ」

「……」

意味がわからない。

周平は説明する気もないのか、タバコをスパスパ吸って笑う。

「心配するな……。おまえが一人いれば、浮気する暇もないって話だ」

「気持ち……、よかった……？」

手が伸びてきて、髪をくしゃくしゃとかき混ぜられる。

「愛してるって言ってるんだ、佐和紀」

目を細める周平の顔を見ていると、佐和紀は泣き出しそうになってしまう。

「もう一回、中に入っていいか」

「……まだ、できんの？」

タバコを灰皿に押しつけて消した周平がのしかかってくるのを、足を開いて招き入れながら聞くと、手を握られて誘われる。その部分に。

「握ってくれれば、すぐに勃つだろ」

そういうものだろうかと、萎えていても立派な存在感の周平に指を絡めた。伏せたまぶたにキスを受ける。タバコの匂いがして、佐和紀は静かに目を開けた。

＊＊＊

その翌日は一日中、布団から起き上がることができず、佐和紀は病人のように重だるい身体を持て余して過ごした。

一方、平然と仕事に出かけた周平は、やけに元気に帰ってきて、テレビを見ていた佐和紀の身体に触れて言った。

「毎日は無理だろう」

楽しそうに笑う顔を見て、夜になってようやくソファーに座れた佐和紀は無理だと答えたのだが。なぜだか言葉と裏腹に、いじられてイかされ、軽く中に押し込まれた。

佐和紀を残して出かけた昼の間、周平はずっと自分とのセックスを考えていたのだろう。昨日とは打って変わって優しく抱かれ、一日何もしていなかったのに、ぐっすりと眠れた。

そして、今日だ。

桜の花を散らす風さえまどろむような午後の日差しが庭に差し込んでいる。

木綿の着物から藤色の御召に着替えて、揃いの羽織に袖を通す。白い足袋《たび》で客間の縁側へ行くと、ぼやっとした背中をしながらタバコを吸っていた三井が物音に気づいて振り返った。

「もう、体調はいいのか？」

「悪くはない。良くもない」

佐和紀は真面目な顔で答えた。ふとした瞬間に、身体の奥に刻まれた快感を思い出して腰が疼く以外は、いたって以前のままだ。

「大丈夫なのかよ」

「平気。シンは？　周平と出たのか」

「いや、いるよ。そっちに……。シンさ〜ん！」

居間の方へ呼びかけると、しばらくして岡村が顔を出した。軽く会釈をして、やはり三井と同じことを言う。

「もう大丈夫ですか」

周平とヤりすぎて寝込んでいたことなど知らない二人が、純粋に心配していると気づいて、佐和紀はいたたまれなくなる。

「……病気じゃ、ないから……な」

佐和紀と視線を合わしていた岡村は気づいたらしい。苦笑するとこめかみを指で掻いた。

「そうですか……。で、俺に用ですか」

「うん。ユウキはどうなった？」

「……それは」

言い淀《よど》むのは想定内だ。佐和紀は袖に手を入れて腕を組み、笑ってみせる。

「聞いてるんだよ。答えろ」

「はい……。出すぎた真似に対して仕置きをして、今は元の通りに働いてます」

「そうか。いいんだ。周平にはやりすぎるなって言ったから」

佐和紀の言葉に、岡村の表情が明るくなった。

「そうですか。理解しました」

「相変わらず、周平が面倒見てんの？」

「だいたいは俺がやることになりましたが、元から問題児なんで」

「だろうなー。っていうか、シンはあいつのイロを片っ端から押しつけられてないか」

佐和紀の疑問は三井の一言が解決する。

「そりゃ、アニキの次に、セックスが上手いから」

「へー」

「そんな目で見ないでくださいよ、姐さん」

岡村は顔を背けながら、手のひらを見せてくる。

「どんな目だよ」

笑い飛ばして、佐和紀は眼鏡の位置を直した。

「で、今日はどこにいるか知ってる？　あいつ」

「……」

岡村が途端に黙り込む。佐和紀はツカツカと歩いていって、顔を覗き込んだ。

「シン、答えろ。じゃないと、周平と浮気してるって逆上するぞ」

「どういう脅しなんですか。ありえないってわかって言ってるでしょう！　今日は組にいるはずです。この時間は」

「事務所か。じゃあ、車出して」

「姐さん～……」

困りますと、顔に書いてある。さらりと無視した。

「タカシ、車」

「はいはーい」

三井はあっさりと立ち上がり、岡村の鋭い睨みを受け流す。それどころか、

「タモツも呼んでいい？」

ポケットから携帯電話を取り出してのんきなことを言う。

「いいけど、なんで？」

「いやー、こういうおもしろいことを連絡してないと、俺のときもスルーされるから」

「バカだな。まぁ、いいよ」

「じゃあ、組で待ち合わせにしとこう。表に車を回すから、行っといて」

三井は相変わらず、敬語を使う気はないらしい。誰も止めないし、佐和紀もそれでよかった。

「俺も行きますから」

岡村が額を押さえてため息をつく。

「組の商売ものに傷つけたりしないから、心配するな」

「それはわかってますけど……。アニキもいるんですよ。若頭も揃ってると思うんです」

「好都合だな」

佐和紀がにやりと口元を歪めるのを見て、さらに肩を落とす。

置いていくぞと声をかけて表の玄関へ向かうと、足音が慌てて追ってきた。

佐和紀の前に回り、いつもの雪駄《せった》ではなく草履を並べる岡村はよくわかっている。

「昨日からアニキの機嫌がすこぶるいいんですよ」

まだ新しい草履に足を入れながら顔をあげると、佐和紀が転ばないように膝をついて控える岡村がぽかんと口を開けた。

「バカ面」

からかってヒヒヒと笑いながら、頭のてっぺんを指で突いて追い越す。

岡村にしては珍しい表情だった。どこか周平と似た頭の良さがある岡村は、三人の舎弟の中では一番年上だし落ち着きがあって取り乱すことなんてほとんどない。

今日も白いシャツに深緑のネクタイを締めて、ビジネススーツをきっちり着ている。

「どうした、シン」

玄関先で呼びつけると、その場に膝をついたまま顔を向けてくる。

「綺麗ですね」

「あ？」

首を傾げた佐和紀はにやりと笑って、光沢のある御召の袖を指で摘まんだ。

「いい藤色だろ。もう少ししたら、庭の花も咲くなぁ」

「……そうですね」

何か言いたげに眉をひそめた岡村は立ち上がる。

「観光客のほとんど来ない藤棚の名所を知ってます。咲く頃になったら、みんなで行きましょうか」

「それ、いいな。周平が開けてもいいって言ってた焼酎《しょうちゅう》があるから、それ持って」

「俺も、いい日本酒を持ってますよ」

話しながら門まで出ると、ちょうど組で使っている車が回ってくるところだった。

佐和紀は後部座席。岡村は助手席に回る。

最近は暴力団の事務所も構えにくくなった。しかし、昔から俠客《きょうかく》として土地に根づいてきた大滝組はまだマシだ。古い住民からは邪険にされておらず、駅の裏に建てた自社ビルを丸ごと組の関係で使用しても、警察は見て見ぬ振りをしている。

よその土地から来た住民が文句をつけて、大滝組を擁護する住民といざこざを起こすとにクレームが来るぐらいだ。

ビルの前の道路に車を停めると、入り口で立っていたスーツ姿の若い男が駆け寄ってくる。

「おはようございます」

威勢のいい挨拶《あいさつ》が聞こえ、助手席のドアが開く。

「おまえら、タバコ、吸ってただろ。事務所の前で吸うなって言われてないか？」

降り立った直後から岡村は厳しい声で叱責《しっせき》している。運転席から降りた三井がドアを開けるのを待って、佐和紀も車を出た。通りの少ない道だから撥《は》ねられる心配はない。それでもさりげなく守られて歩道に入った。

「その辺にしとけ、岡村」

声をかけると、若い男たちがぽかんと口を開いた。

その一人に、車を停め直してくるようにと三井が鍵《かぎ》を押しつける。

三人で五階建てのビルの中に入った。エレベーターに乗り、三階で降りる。上から見ていたのか、石垣がすでに待っていた。

佐和紀がここに来るのは初めてだから、すべて三人任せでついていく。

エレベーターホールの横にガラス戸があり、広いフロアには業務机が並べられている。どの机にもノートパソコンが置かれているのが、さながら会社のようだ。

座って作業をしている男たちの年齢はまちまちだが、佐和紀にはそのどれもが筋者だとわかる。普通の人間なら、ガラの悪い社員が揃っていると思う程度なのだろうか。フロアを見渡すと、奥に商談スペースがあり、革張りのソファーセットでふんぞり返った男たちに目が留まった。

石垣を横目で見る。その後ろに続いた佐和紀に気づくなり、慌てて直立不動の体勢になった。

それに驚いたフロアの男たちが振り返ったり、立ち上がったりして、静寂が一気に崩れた。どこかで誰かが若頭補佐の奥さんだと言い出し、それがフロア中に蔓延《まんえん》していく。

佐和紀は気にせずに奥へと一人で歩いていき、挨拶もそこそこに切り出した。

「うちのはどこにいる？」

周平の舎弟の一人である四十絡みの男は、フロアのざわめきを睨みつけて黙らせ、佐和紀を見るなり破顔した。

「しばらく会わないうちに、すっかり『狂犬』じゃなくなりましたね」

「人間が丸くなったんだ」

佐和紀の答えはなぜか無視された。

「おまえらも苦労するな。俺にはできない仕事だ」

後ろに続く三人につくづくと首を振ってみせる。

「人間が丸くなったって言ってんだろ」

「……あんたと口を利いたら、アニキに殺されそうな気がする。アニキは上にあがりました」

「なんだよ、それ」

苛立ちまぎれに睨みつけたが、石垣に促されてその場を離れた。エレベーターホールへ戻ると、入り口のカウンターで鈴なりになった男たちに向かい、奥にいた男が怒声を浴びせているのが聞こえた。

「大丈夫なのか、この組は」

佐和紀が思わずつぶやくと、三井がひやひやと笑った。

「おっさんの態度、見たか。タモッちゃん」

エレベーター脇の壁に腕をついた石垣が苦笑いで返す。

「見た見た。あれは、惚れたね」

「敬語とか……笑う」

「いい加減にしとけよ」

岡村が睨みつけたが、二人はエレベーターが四階に到着して、三階よりは業務机の少ないフロアの奥にある応接室のドアを叩くまでそのネタを話し続けた。

「岡村です。若頭補佐、こちらにおいでですか」

中から周平の声がして、岡村はまず自分だけ顔を出す。

「下がうるさかった気がしたけど、何かあったか？　他の組から鉄砲玉でも飛んできたか」

「それとも、カチコミでもやられたか」

周平の声の後、岡崎の笑い声が続き、中で行われている打ち合わせの雰囲気が感じ取れた。

「似たようなものなんですが」

答える岡村の肩を押しのけて、佐和紀は中へ足を踏み入れた。広くて趣味のいいスペースだ。大滝組の金のかけ方はよくわからない。周平か岡崎の趣味なのだろうか。見るからに高そうな飴色《あめいろ》の革張りソファーに埋もれたユウキが顔をあげた。

佐和紀に気がつくと、愛らしい顔立ちに不満の色が広がり、生意気なしかめっ面になる。

「用があるのは、そのチビだけだから」

ゆったりと寛《くつろ》いでいる大滝組の若頭と若頭補佐に、佐和紀は他人行儀な会釈を向けた。

周平は眼鏡を静かに光らせながら眉を動かしただけだったが、佐和紀の視線を正面から受け止めた岡崎はコーヒーにむせた。

迷惑そうな目をしている周平を睨みつけ、佐和紀を指差した。

「どうなってんだよ！」

岡崎が意味のわからないことを叫ぶ。

「あれが、欲求を満たしてやったとか、そういうレベルか！」

「仕込むどころか、搾り取られて、まぁ大変ですよ」

ははっと笑った周平は肘掛けについた手でこめかみを支えた。

「余計なこと言うな」

佐和紀は口調こそ冷たくしたが、どこか嬉しそうな周平に悪い気はしなかった。

「綺麗になったとか……、ありきたりすぎるな。凄絶《せいぜつ》じゃないか……。下に顔出したんだろ。何人が熱出して寝込むだろうな」

「バカ言ってんな」

佐和紀はふざける岡崎を軽くいなして、ユウキへと向き直った。

「別に、俺がお仕置きしろって言ったわけじゃないからな」

「わかってるけど、あんたのせいだよ。周平だって一言ぐらい結婚のことを言ってくれればよかったんだし、それなら僕だって立候補したし。そりゃ、あんたより若いから釣り合いのことはあるけど、僕だってあんたみたいに……」

相変わらず弱い子犬がキャンキャン吠えるように、ユウキの口数は多い。佐和紀は黙って胸元から一枚の紙を取り出した。ピシッと音をさせて開き、テーブルに叩きつける。

「立候補とか、笑わせんなよ」

「なんだよ！」

立ち上がろうとするユウキの肩を押さえつけた。

「字は読めるだろ？　おまえと俺との違いだよ」

「何がっ……！」

書類に目を滑らせたユウキが眉根を寄せた。

「何、これ」

「結、婚、証、明、書」

　正しくは、婚姻届受理証明書だ。二ヶ月前、岡崎と京子が婚姻届を代理提出してきた際にもらってきた。戸籍にしなかったのは、たかだか、この程度の男相手に役所へ出向くのが億劫だったからだ。売られたケンカを、真っ向から突き返せればそれでいい。

「……俺と周平は、正真正銘の夫婦だ。戸籍でもそうなってる。悪いなぁ、ユウキ。おまえの籍が女なら、『立候補』できたかもな」

「い、意味がわかんないんだけど！」

　佐和紀はユウキの肩を押さえつけたまま、身をかがめて顔を覗き込んだ。

「何の因果だろうな。男なんだけど、戸籍は女なんだよなぁ……。養子にしかなれないおまえとは違うだろ？　ってか、俺の子どもになるか、おまえ」

「ふ、ふざけんなっ」

　ユウキの平手が佐和紀の頬を張りつけ、石垣と三井が小さく叫んだ。岡村が止めたのか、二人は駆けつけてこない。

　佐和紀はゆっくりと眼鏡のズレを直し、視線を戻しながら、あえて普通の声音で言った。

「おい、わきまえろよ。ガキが。……これでも『狂犬』で名が通ってきてんだよ。ブチ切れたら二度と男をくわえ込めない身体にすんぞ、コラァ」

　眼鏡越しの鋭い目に、ユウキが怯えた顔でソファーの上を後ずさった。

「あとなぁ、人の亭主に手を出すなら、それぐらいの覚悟で来いよ。ハンパな男相手に腰を振るほど、うちの周平は安くない。……安く、なくなった……」

「言い直すな、言い直すなー」

岡崎が笑いながら、やんやと合いの手を入れてくる。

「姐さん殴っといて、ただで済むと思ってんのか！　ゴラァッ！」

熱くなった三井が、岡村と石垣の二人がかりで押さえつけられ、ジタバタと暴れ始める。

佐和紀は柔らかな絹物をまとった肩越しに微笑んだ。

「タカシ、みっともないことするな。これで、旦那の浮気の落とし前はつけた。平手は慰謝料代わりに飲んでやるよ」

怯えきって黙り込んだユウキにくるりと背を向けて、佐和紀は意気揚々と足取りも軽く、舎弟たちを呼びつけて応接室を後にする。

「あ、そだ。岡崎ぃ……」

上機嫌ついでに、閉まりかけたドアの隙間から顔を出す。

「この前のホテルの借り、俺が返す。飲み屋で二時間。久しぶりに飲んでやるから、日程空けて」

素早く岡崎を睨みつける周平に笑いながらドアを閉めると、心配そうな顔の石垣と目が合った。

「借りってまさか……」

「バカだな？　バカだろ。部屋を譲ってもらっただけだ……。それに、いろいろ世話になったし、もうそろそろこおろぎ組を捨てていったことも、水に流していいかもなって、思っただけ」

「姐さんって、その妙なルールが罪作りですよね」

エレベーターホールへ向かいながら、石垣が苦笑して肩をすくめる。

「それが魅力でもありますけど。その日は俺もお供しますから、二人きりにはならないでくださいね。特に今の、あなたは……」

言葉の途中で後ろを振り返った石垣が立ち止まる。

佐和紀の背後から肩に腕がまわった。声を聞かなくても、香水の匂いで誰かはわかる。

「そんなの、俺も行くに決まってるだろ。……先に車に戻ってろ」

舎弟たちを睨みつけたらしく、到着したエレベーターに三人は消えていく。

佐和紀は抱え上げられるような素早さで屋内の非常階段に連れ込まれ、身体に腕をまわしてくる周平の肩に頬を預けた。

「素直に殴られやがって」

見せてみろと頬を撫でられ、佐和紀はおとなしく顔をあげた。

「これで、もう二度と浮気なんてしないだろ？」

「してない、してない」

人が同じ言葉を二度繰り返すときは、真剣じゃない証拠だと京子が言っていたことを思い出す。

反復すれば真実味が増すと思っているのは、男だけだとも言っていた。

それを佐和紀が指摘するより前に、くちびるが言葉を奪った。

「んっ……」

顔の角度を変えて、何度もくちびるをついばまれる。

「寝て起きたら、そんなに色っぽくなるのか、おまえは」

「着物の色のせいだろ」

周りの態度がイチイチいつもと違うのは、そのせいだろうと佐和紀は勝手に思い込んでいる。

ようやく欲しいものを欲しいと言えて、それが必ず与え返される安心感に、自分の雰囲気だけでなく顔形まで変わってきたとは考えもしない。

「綺麗だ、佐和紀」

屋敷の玄関先でも、同じようなことを言われた。

しかし、言葉の響きが違っている。周平の言葉は甘く、佐和紀の心の奥に染み込んで溶けていく。

くちびるを合わせ、佐和紀は自分から舌を出した。

かわいいと言われるのも、綺麗だと言われるのも、釈然としないし実感はないが、周平から口にされるとただ素直に嬉しい。

「周平……」

そっと呼びかけて微笑んだ。返されるキスを受けながら、身体にしがみつく。

甘く痺れる充足感に、目を閉じた。

周平が名前を呼んでくる。そのたびに強く抱き合った。

旦那の都合

顔を眺めているのは、その瞳《ひとみ》が振り返り、自分を映す瞬間を待っているからだ。凛々《りり》しい眉《まゆ》をわずかに動かして、柔らかなまつげを上下させる佐和紀《さわき》は、深呼吸するように息を吸い込んでくちびるを引き結ぶ。どぎまぎしている内心を知られまいと、虚勢を張った姿に、周平《しゅうへい》はいっそう眺め入ってしまう。

屋敷の庭にある藤棚が満開を迎えたと、散歩に誘ってきたのは佐和紀だ。月に照らされ、夜風に揺れる花の下で、喉元《のどもと》をさらすように甘い香りを堪能《たんのう》する表情から、こわばりが消えていく。

「綺麗《きれい》だろ？」

自信満々でつぶやく横顔がどこかあどけなく見え、手を伸ばしかけた周平は眉尻を動かしただけで思いとどまった。不思議なほど胸が騒ぎ、落ち着かなくなる。綺麗なのは咲きそろった藤棚の花でも、空に浮かんだ月でもない。そのすべてを従えている男の佇《たたず》まいの方だ。もやもやと胸に募る感情の正体に、周平は人知れずおののいたが、表情には見せずに隠した。

タバコの箱をポケットから出そうとして、花の香りに手を止める。

「綺麗だ」

小さくつぶやいて、腰骨に巻かれた兵児帯《へこおび》の艶《なま》めかしさに、ほどく瞬間を妄想した。和服に包まれているのは引き締まった硬い身体《からだ》だが、薄い筋肉は柔らかくて、意外に抱き心地はいい。

特に腰から臀部《でんぶ》の肉付きは、周平に新しい扉を開かせた。女とは違う骨格の腰は頑丈で、指がかけやすい。体格の割にボリュームのある臀部も、今まで抱いた男たちとは違う揉《も》み応《ごた》えがある。『こおろぎ組の狂犬』と呼ばれるほどの乱闘をこなす筋力は、かわいがられるためだけに身体を作る男娼《だんしょう》たちとは根本から違っている。

思う存分にも揉みしだいてみたいと思わせる佐和紀の色気を眺め、自分が視姦《しかん》していることに気づいて目をそらす。一瞬の妄想の中で三回は犯しているような欲情が静かにたぎった。

「離れて見る方が綺麗？　下からも、けっこういいよ」

何も知らない佐和紀が大股《おおまた》で戻ってきて横に並んだ。無邪気な笑顔に似つかわしくない不健全な妄想を申し訳なく感じながら、腰へ手をまわす。

視界を遮るようにキスをすると、見上げてきた目の奥に不安が揺れた。期待の裏返しでもある。

「綺麗なのは、おまえだ」

もう一度くちびるを押しつけると、

「どうして、そんないやらしい目で言うんだよ」

両手を周平のベストに押し当て、佐和紀がくちびるを尖《とが》らせる。子どもっぽい仕草を見せるのが自分に対してだけだと知っているから、周平の思考回路はじりじりと焼けついた。何のてらいもなく男の心を掻《か》き乱し、甘えている自覚がないのは想像以上に恐ろしい。

「いやらしいことを、想像してるから、そう思うんだろう？」

わざと優しげな声で言い返すと、佐和紀は眉根をきりりと引き絞る。

性欲に押し流されまいとする自己防衛がけなげなのは、本人の意思を完全に裏切っているからだ。本当は求めているのに素直になれないところも、それはそれで日本人的な美徳だろう。本心はいつも別のところにある。

「もう、俺を見なくていいから。……藤の花を見ろよ」

手のひらで顔を押しのけ、腕から出ていこうとする身体を引き戻す。腰のラインを確かめるようになぞった。か弱くはないのに柳腰に見えるのは、ヒップのトップ位置が高いからだ。触るとそれがよくわかる。

「摑《つか》むなっ……」

鋭く睨《にら》まれて、背中がゾクリと震えた。ベッドの上でさえ怯《ひる》むことのない佐和紀を抱くのは、本当に快感だ。征服しても征服し尽くすことができない泥沼は、男のあくなき探究心を駆り立てる。

だから、妄想の中では、何度も淫《みだ》らに犯した。現実では絶対しないようなことを挑み、怒って暴れるのを押さえつけて性技を仕込む。泣き顔で懇願させ、羞恥《しゅうち》で喘《あえ》がせる。

そんな鬼畜さを現実で見せつけたら、きっと佐和紀は恐れて実家に帰ってしまうだろう。

感じやすい身体と同じぐらい繊細な心を隠している佐和紀を、どうやって開発するかは一番の悩みどころだ。恋愛に未熟な佐和紀は、処女の従順さで受け入れるだろうが、それでは意味がない。仕込んだことを仕込んだままなぞらえるのは商売のセックスだ。

「しゅう、へい……っ」

考えに浸りながらかなり激しく尻を揉んでしまったらしい。佐和紀はなかなか顔をあげなかった。肩にすがりつくように額を伏せて、甘い息を吐き出す。

その肩がわずかに揺れているのを見て、たまらず手近な暗闇《くらやみ》に引きずり込んだ。

不満が漏れる前にキスでくちびるをふさぐ。わずかに見せる抵抗はポーズだ。引き結んだくちびるはすぐにほどけ、柔らかく濡《ぬ》れた舌がおずおずと這《は》い出してくる。

性的に未熟だと自覚している佐和紀は自分から求めることに戸惑う。

嫌われたくないと感じているのが伝わってきて、周平はいつものように強く抱き寄せた。腕を摑んで促すと、首に指を這わせてしがみついてくる。

「んっ……ふ、んん……っ」

甘い吐息を吸い上げ、着物の裾《すそ》をたくしあげた。びくりと震えた身体が後ずさる。

「……周平っ。やめ……」

言葉では咎《とが》めていても、声の響きは裏腹だ。甘くかすれて誘っているようにしか聞こえない。

「すぐに済む」

耳元でささやいて、木の幹に追いつめた。重なり合った裾を乱して手のひらを差し入れる。

「すぐ、って……。そんな」

太ももの間に忍ばせて肌を撫《な》でると、声を詰まらせながら首を小刻みに振った。

佐和紀は初心《うぶ》だ。開かれたばかりの処女の身体はぎこちない。たった数ヶ月前に知ったばかりの歓びに焦がれていても、快楽に夢中になることが未知の世界すぎるのか、恥じらって躊躇《ちゅうちょ》する。

男たちとの自慰行為で金を引っ張っていたなんて信じられないぐらい、慎み深く、色事師で鳴らした周平さえ唸《うな》らせるものがある。

生理現象と自発的な反応の間に、はっきりとした線引きがあり、愛情が伴わない性行為には快楽さえ感じないと噂《うわさ》に聞いている。不感症気味の鈍感さこそ、取り引きしていた男たちを夢中にさせた処女性の恐ろしさだ。

一線を越えれば乱れることを想像させ、実際に踏み込めば壊れてしまうんじゃないかと危惧《きぐ》を抱かせる。

「じっくりされる方が好きか?」

耳元にくちびるを寄せると、首筋が逃げる。くすぐったいのではなく、肌の震えるような快感を得ている。小さく息を詰めるのが証拠だ。

手のひらでさする肌はさらりとしていて、女の感触とはやはり違う。

しかし、愛撫《あいぶ》を繰り返して火照《ほて》らせると、じっとりと汗をかいて官能的な手触りになることを周平は知っていた。汗ばんだ肌が腰に吸いつくようにまとわりつくときの、胸の痺《しび》れを思い出して昂《たかぶ》り、性急に腰を近づけた。

「……っ」

ごりっと、互いのものがこすれ合う。その卑猥《ひわい》さに佐和紀が息を呑《の》んで顔を背けた。羞恥を覚えたのか、細くなる息づかいは、闇に震える小鳥のようだ。

その瞬間だけ、佐和紀は虚勢を脱ぎ捨てて、素の表情でくちびるを噛《か》む。

清楚《せいそ》なまつげが戸惑いに揺れて、潤んだまなざしが性欲をこらえようと鋭く尖る。

佐和紀は決して脆弱《ぜいじゃく》な神経の人間ではない。しかし、強くもないことを自認しているから、自分を突き崩そうとする優しさや甘えを、頑として受け入れないのだ。

自分を屈服させる何かが、一生を保証してくれることに期待していないのだろう。

頼れるのは自分だけだと強がりながら、一人でいる寂しさには耐えきれず、何かを守りたいと思う本能に従って生きている。根っからの男だ。

あとわずかにでも人を頼る弱さと狡猾《こうかつ》さがあれば、もっと楽に生きられるのに、やせ我慢をしてしまう。それも男の生き方だろう。

不器用な無頼さが、佐和紀の美貌《びぼう》をいっそう研ぎ澄まし、高嶺《たかね》で咲く珍しい花の風情を思わせる。手を伸ばせば届くのに、手折るにはわずかに距離がある。

誰《だれ》のものにもならない安心感に浸っていた男たちが、嫉妬《しっと》で剣呑《けんのん》としているのも道理だ。とはいえ、周平にも手折ることができたわけではない。高嶺に登って、さてどうするかと見つめている段階だ。喜び勇んで摘《つ》み取れば、思わぬ毒で死にそうな気もする。

「離れろ、よ……。変態……っ」

焦《じ》らすように腰を押しつけているだけなのに、佐和紀の声は震えて小さくなる。布越しに硬さを増すのは、周平の股間《こかん》だけではないからだ。

「誰だってしてることだ」

「してないだろっ！　こんなっ」

「……抱き合ってるだけなのに？」

「ふざけんな。思いっきり押し当ててるじゃねぇかよ」

耳元でわめかれて、周平は眉をひそめる。粗雑な物言いにさえ、押しつけた場所が痛くなる。

「……んで、そこでデカくするんだ……」

意気消沈した声につぶやかれて、

「感じてるからだ」

柄にもなくせつない気分になった。

後遺症のような性的欲求を晴らすためではなく、苛立《いらだ》ちや怒りを解消するためでもなく、ただ佐和紀が欲しい。そんな気持ちで誰かを求めたのは、この世界に入る以前のことだ。

欲を満たすための愛人なら山のように作ったが、恋人は求めたことがない。セックスの対象はいつもどこかで仕事と繋《つな》がっていて、理屈がなければ勃起《ぼっき》もできない。それでも数をこなしているうちに、人からは『色事師』だと崇《あが》められた。それだけのことだ。

愛している振りで抱いても本気になったことはないし、堕《お》ちていく相手に征服欲を満たされるようなセックスは、性行為であっても交歓行為ではない。

「佐和紀だって、感じてるからこんなになってるんだろう？　ごりごり当たってきてるぞ」

「い、言わなくていい……からっ」

「離れろじゃなくて、早く触ってくれって言うんだよ」

からかいをささやくと、首筋が熱を帯びる。真っ赤になっているのだろう肌に、くちびるを押し当てて吸いあげた。キスマークがひとつ残る。

それを舌先で舐《な》めると、佐和紀は身をよじらせて二人の腰の間に手を入れた。自分を守るつもりなのが、あどけない。いやらしくすりつけると、潤んだ目に睨まれた。

「誰かに、見られる」

一瞬だけ不安そうになる顔を覗《のぞ》き込む。

笑いながらキスすると、責めるように眉が吊《つ》り上がった。

「あんたはいいのかもしれないけど……っ」

「見られて困ることはしてないだろう。愛し合ってる二人のセックスが、鑑賞にたえないはずがない」

「頭、おかしいっ！　すりつけんな、本当に、もう……聞けよ。俺の話」

細く長い息を吐き出した佐和紀の肩から力が抜ける。

「触ってくれ、佐和紀」

「……だからさぁ」

言い訳を探しながら、佐和紀の手が動く。自分を守るポジションから裏返って、手のひらが押し当てられた。それだけで周平の性器は脈を打つ。

無意識に息を呑む佐和紀の頭の中で繰り広げられているのは、周平のそれとは比べものにならないほど稚拙な妄想だろう。卑猥さなんて微塵《みじん》もない、清純な処女の妄想だ。だから、それをなぞるようなセックスしか、周平はまだできない。

欲しがっているものを、先回りして渡すこともしないつもりだ。

我慢比べは時間の無駄だと、今までなら考えただろう。求めようが求められようが、セックスはセックスでしかないはずだった。なのに、佐和紀を見つめていると、今までとは違う感情が湧《わ》いてくる。

「落ち着かない……」

けだるげな吐息がアンニュイな雰囲気で、うつむいたくちびるからこぼれ落ちた。

「開放感があっていい」

「……本当、勘弁してよ」

そう言いながら、押し切れば身体を開くのが佐和紀だ。そうすることが唯一の愛情表現だと思っているのがやるせないのに、そう告げることができなくて周平も無理をさせる。

「藤棚の下でするか？」

苦笑しながら冗談を口にした。まともな恋愛から始まっていたら、もっと別の、優しいセックスで安心させてやることもできただろうか。そんなふうに迷わせてくる佐和紀は、

「セックスは、布団の上でするものだろ……」

まっとうなことを言いながら焦れている。布地越しに押し当たった指が、本人も気づかないさりげなさで揺れ、周平をじんわりと熱くさせていく。

「布団の上でなら、したいんだな？」

「……あ」

見上げてきた瞳が頼りなげに揺れて、困惑を隠そうと必死になった後のあきらめが浮かぶ。

「したいよ……。ちゃんと」

小さくなっていく声がいじらしい。

「じゃあ、戻るか」

肩を抱くと、ホッとしたように力が抜けた。それでも、寄り添ってこないところが強がりだ。

雲が流れて月が隠れる。常夜灯の明かりを頼りに遊歩道へ抜けた。藤棚を振り返る振りで顔をあげた瞳に誘われ、キスをする。甘い花の匂《にお》いが風に乗って流れた。

ばら色のジェラシー

佐和紀《さわき》が飛び出した直後、三井《みつい》と石垣《いしがき》は人を集めた。始まったのは、指輪の大捜索だ。懐中電灯の明るい光が、夕闇《ゆうやみ》の中を行ったり来たり。庭先へ砕け散ったガラスの片付けも済み、始終を眺めた周平《しゅうへい》は広縁の端に座ったまま、二本目のタバコに火をつけた。

怒りで身を打ち震わせていた佐和紀の姿が、脳裏から離れない。

まるでヒステリーを起こした女のようにわめき散らしていた。そうなるまで追い込んだのは、他の誰《だれ》でもない、周平自身だ。

頬《ほお》のひとつでもひっぱたいてキスをすれば、黙らせることは簡単だった。

罵倒《ばとう》され、凶器を投げつけられ、贈った指輪も投げ捨てられたのだ。怒鳴り返す権利はいくらでもあった。しかし、正当性に意味があるだろうか。

結局はどれもこれもできなくて、胸の奥が掻《か》きむしられるように痛んだ。翻弄《ほんろう》されて、みっともないところは見せられないと思った周平の反応が、いっそう佐和紀を不安にさせたのだろう。

未知の感情に振り回されて歪《ゆが》んだ表情は、泣いているようにも見えた。

殴って制止されることを待っていたかも知れない。佐和紀のこれまでの生き方だ。

松浦《まつうら》組長も血の気の多いヤクザの親分だから、子分である佐和紀が暴走したり不始末を起こせば、体罰を与えてこらしめることもたびたびあったと、岡崎《おかざき》から昔語りを聞いている。だから、とっさに手が出なかった。

「アニキ。結婚指輪の方は見つかりましたけど」

石垣が駆け寄ってくる。

差し出した手に置かれた指輪は、羽根のように軽いチタンのリングだ。受け取って、上着のポケットへ入れた。

バカでかいエンゲージのダイヤを身につけるとは思わなかったので、日常生活に支障がないようにと軽い素材を選んだが、佐和紀はダイヤも一緒にはめている。

考えてみれば、すぐにわかる話だった。

佐和紀は素直なのだ。目の前の事実しか見えず、真正直であることが忠誠だと思っている。それが周平との間にも必要であるのか。そこはまだ、考えてもいないのだろう。

だから、自分の嫉妬《しっと》にも気づかず、気づいたとしても、受け止めて対処するまでに至らない。

「俺も探そう」

庭用の草履をつっかけて下りる。石垣が懐中電灯を差し出してきた。代わりにタバコを渡すと、広縁に置いた灰皿で揉《も》み消す。

「何があったんですか」

利口な舎弟は、いつになく感情を見せない。責められていると思いながら、周平は肩をすくめた。

「何もない。誤解だ」

「『狂犬』なんて聞こえはいいですけど、まぁ、あれですよね」

言葉を濁して、短く息を吐き出す。責められているのは周平ではなかった。短絡的な佐和紀の方だ。

「まだ何も知らないんだ。知れば、落ち着く」

「そうですか。……手強《てごわ》そうですけど」

庭木をかきわける大捜索に疲れた顔で、石垣は物憂く目を伏せる。頭の回転が速い男だ。寄り道を嫌い、最短で答えを出そうとする。

「おまえは答えを急ぎすぎる」

周平が言うと、

「人には向き不向きがあると思うだけです。奔放が過ぎれば、苦労するのは姐《あね》さんじゃないですか」

「躾《しつ》けて、分をわきまえさせるか？　それじゃあ、舎弟《おまえら》と同じ扱いだ。型にはめる必要はない」

「……道楽ですね」

ふっと弱く笑い、石垣はその場を離れていく。佐和紀を受け入れたように見えて、内心は納得していないのかも知れない。それとも、周平がわざと佐和紀を翻弄《ほんろう》しているように見えるのだろうか。

それもありえる話だ。

懐中電灯を片手に捜索に加わった周平は、座敷を振り向いた。佐和紀の立っていた場所を思い出す。別の懐中電灯を持ってきた石垣が、結婚指輪を見つけた場所を教えてきた。

「ダイヤもこのあたりだと思います。……あんまり難しいことを強いるのは酷じゃないですか。アニキは……、理想が高いんですよ」

「佐和紀の肩を持つのか、持たないのか、どっちだ」

「どっちでもないです」

「あいつだと、俺についてこれないか？」

「実力不足は否めません。黙って座っていれば別ですけど。顔がいいのは認めます」

「何を認めないんだ」

「いえ、別に……」

いつになく歯切れが悪い。

「タモツ。おまえ、俺がわざと焚《た》きつけたと思ってるのか」

「タカシは慣れていても、姐さんは違うので。からかうのは……」

「バカか」

言い捨てて、ついでに頭をはたいた。

「言われるままに愛人の整理をしたんだぞ。いまさら、からかうわけがないだろう」

「……そりゃ、愛人は整理できますけど」

できないのは、仕事絡みだ。ユウキはその最筆頭で、結婚を知ってからというもの、荒れて手がつけられない。客を拒んだり、仮病を使って逃げたり、周平が困るギリギリのラインを狙《ねら》ってくる。

「やると決めればやる。いまさら、俺を疑うな」

石垣の肩を突き飛ばすように押しのけた。周平は山吹の花の中に手を差し込む。

「誰がおまえを食わせてると思ってんだ。この先の金回りが心配なら、河岸《かし》を変えてもいいぞ」

握りしめた拳《こぶし》を開くと、黄色の花びらに混じって、ダイヤが輝いた。

「あぁいう男を伴侶《はんりょ》にするってのはな、こういうことだ」

近くにいた構成員に見つかったことを告げ、周平は広縁へ戻った。安堵《あんど》の声を背中に受け、ダイヤのエンゲージリングもスーツのポケットにしまう。

それから携帯電話を取り出し、ユウキを管理しているデートクラブに電話をかけた。

「あぁ、俺だ。ユウキを捕まえておけ。仕置きの準備もな。軽い方でいい」

冷たく告げながら肩越しに振り返ると、石垣は足止めを食らっていた。佐和紀を心配した三井にまとわりつかれている。

「タカシ、タモツ！　来い！」

電話を切って呼ぶ。二人は素早く駆け寄ってきた。

「ユウキはお仕置きコースだ」

「あぁ……、やっぱり」

タカシが顔を歪めた。指輪を投げ捨てた原因も理解したのだ。

「タモツ。先にホテルへ入って、準備を手伝え。俺がユウキを連れていく。来週、ＶＩＰの予約が入っているから、傷がつかないように見張っておけ。参加してもいいぞ」

静かに見据えると、不穏な空気を察した三井が小動物のようにキョドキョドと視線を揺らした。周平と石垣を交互に見る。気づいた石垣が後頭部を張りつけた。

「うっとうしんだよ、てめぇは！　参加なんかしませんよ！」

男を抱く趣味のない石垣は、勢いよく叫んだ。それでも律儀に一礼して去っていく。

「たもっちゃんは、姐さんに同情しちゃってんですよ」

残された三井がにやりと笑う。

「俺と同じバカだと舐《な》めてかかったから」

「おまえとは違うか」

「……同じなら、アニキが惚《ほ》れるわけない」

視線がそれたのは、不本意だからだろう。男を嫁にしたことは、もうとっくに悪ふざけの範疇《はんちゅう》を超えている。

「そういうことだ。面倒を見てやってくれ」

肩にかかりそうな三井の髪を指先で揺らし、周平は丸め込むための視線を向けた。


デートクラブで回収したユウキは、言葉少なにセダンの後部座席へ収まった。周平をちらりと見て、伸ばそうとした手を引っ込める。

「俺が結婚したぐらいで仕事に支障が出るのか」

運転席の後ろに座った周平は、足を組んだ。前を見つめ、ユウキには視線を向けない。

「だから、それはもう、謝ったじゃない」

子どものように甘いトーンの声が沈んで聞こえる。青山《あおやま》に呼び出され、カフェに付き合った。因果を言いふくめ、納得させたばかりだ。

仕事をしないのなら、ユウキには価値も居場所もない。それなりの扱いに切り替えると告げ、できるわけがないと逆上するのを聞き流した。

それが昼間のことだ。

　数時間して呼び出されるとは思ってもいなかったのだろう。

「ちょっと拗《す》ねてみたっていいでしょ。最近、キツい仕事ばっかりだったのに、ちっとも会ってくれないし」

「性欲があり余ってるなら、新しい客をつけてやるって言っただろ」

「わかってるよ。わかってるけど……」

　わがままを言って許される愛らしい容姿で、つんっとあごをそらす。

「客と周平じゃ、全然違う。いきなり、嫁ができたから終わりって言われても、切り替えができない」

「それも昼に聞いた。……佐和紀と会ったか」

「誰？」

　肩と頬を近づけるように、しなを作って振り向く。かわいいだけの男娼《だんしょう》ではない。

　恋愛に未熟な佐和紀を手玉に取るぐらい造作もなかっただろう。

　これは、自分のミスだと周平は思った。同時に、笑いがこみ上げてくる。

　自分の身体《からだ》を片腕で抱き、あご先を撫《な》でながら肩を揺らす。

　佐和紀は『恋愛』に未熟だ。ユウキが、周平と深い仲である振りをしただけで、まんまと乗せられ、あれほど強く感情を昂《たか》ぶらせた。

　つまり、恋をしている。そして、感情の矛先は周平に向かった。

自分の心の苦しさをなだめるのは周平の役目だと、そう思った証拠だ。

「……周平？」

ユウキが不思議そうに眉《まゆ》をひそめる。その頬に指を伸ばすと、甘い息を吐いてすり寄ってきた。でも、キスはさせない。くちびるが触れる前に手を引いた。

車がホテルへ着き、二人で降りる。

「周平とホテルだなんて、久しぶり」

そう言って寄り添うユウキは、内心では気がついている。周平がそれほど優しくないことも、自分が地雷を踏んでしまったことも。

愚鈍な振りをするのは、ただただ現実逃避をしたいからだ。

周平は何も言わずに、エレベーターを待った。運転手を務めた構成員から連絡を受け、石垣が乗り込んでいるはずだ。

しかし、カゴが到着する前に事件は起こった。

いるはずのない二人と鉢合わせになり、周平は表情をなくす。

「偶然だな、周平」

「若頭……」

岡崎だった。そして、腰を抱かれて迷惑そうにしているのは、佐和紀だ。物憂げな表情がふるいつきたくなるほど美しく、他の男に寄り添っているのを見ただけで胃の奥が煮え立った。逆上しなかったのは意地だ。ユウキと岡崎の前で、みっともないことはできない。それ以上に、佐和紀には見せたくなかった。

岡崎の目は、ひっそりと怒っていた。佐和紀を泣かせたことを責め、うまく愛してやれないのなら返せと詰め寄るようでもあり……。

「あんたのものでもないだろ」

ルームサービスを頼んだ後で、ひとりごとを口にする。改めて携帯電話を取り出した。岡崎がリザーブした部屋で、佐和紀は先に浴室へ入っていた。

「俺がいるのをわかっていて、連れてきたんですか」

電話の相手は岡崎だ。

『おまえがいるホテルで抱くのがいいと思っただけだ』

うそぶく言葉は宙に浮く。

「指輪を、はずしたのも」

『周平。佐和紀はウブなネンネだ。俺たちを散々萎《な》えさせてきた……な……』

ため息混じりに言った岡崎の本音は見えない。あのまま周平と会わなければ、部屋に連れ込んで、やれるところまでやったはずだ。佐和紀が嫌がらなければ、きっと最後まで。

途端に胃の奥が燃え、周平は窓ガラスの向こうを睨《にら》んだ。ムーディーな夜景が憎らしい。

『おまえも嫉妬の味を思い知っただろ。そういう思いを、あいつにさせるな』

「……俺の嫁です」

『それがどうした。おまえの嫁が俺の愛人でもいいんだ。佐和紀はどうしてる』

「先に風呂《ふろ》へ」

『佐和紀はな、男だ。周平。鬱憤《うっぷん》が溜まると外で暴れて、平気でケガをする。ちゃんと面倒を見てやってくれ。できないなら』

「できますよ」

話の途中で言い返す。ケガをするのは、外側だけではない。心もだ。

岡崎はそれを恐れている。まるで自分のものが汚されでもするようだ。

また胃の奥が焼けついて、周平は早々に電話を切った。それから石垣へかけ直し、仕置きはほどほどでいいと告げる。

手ひどいことをしたと、佐和紀に知られたくない。保身に走っていると気づき、笑いがこみ上げた。

佐和紀が恋に惑っている以上に、周平も恋心を持て余している。

どうやって扱ってやるべきなのか、考えれば考えるほど愛《いと》しさが募って理性が危うい。

それから、佐和紀を追って風呂へ行き、あまりうまくない仲直りをした。花鋏《はなばさみ》を投げたことも、それによって組屋敷のガラスを割ったことも、二ヶ月かけて探した高品質なダイヤを捨てたことも、叱《しか》れない。

もうすでに佐和紀は反省していたし、何よりも嫉妬で苦しめたことがせつない。岡崎といるところを見せつけられ、つくづくと思い知らされもした。

あれは、すでに別れた愛人からケンカを売られるのとは、わけが違う。

そんなことを、周平は忘れていた。

風呂の中で佐和紀に愛撫《あいぶ》を与え、ウブな反応を返されてまた、岡崎たち、元こおろぎ組の幹部を思い出す。周平が結婚するまで、佐和紀は彼らに守られていた。自慰行為を手伝う程度の援助交際だ。ウブなまま世間を教えられず、かといって過度に奪われることもなく愛されてきた。

自分の知らない佐和紀がいることは、腹立たしさよりも苦さが勝る。

しかし、すべてを暴きたいと思わなかった。急げば、二人の間に芽生えた関係が、早く燃え尽きてしまう気がする。周平の胸はチクチクと痛んだ。

いろんな感情を飲み込んで、大人の素振りで部屋へ戻ると、風呂に入っている間に届いていたルームサービスが頼んだ通りに並べてあった。ワインを開けてグラスに注ぎ、乾杯をする。

佐和紀は急ピッチでグラスを空けた。心配になるほどの早さだったが、アルコールに強いことは知っている。味が気に入ったのだと思って、次から次へとグラスを満たしてやった。フルボトルのワインのほとんどを佐和紀が飲み、もう一本と誘われて、周平はようやく違和感を覚えた。

「なぁ、もう一本って……」

グラスを片手に、ソファーにもたれている佐和紀は、急にろれつが怪しくなる。焦点が定まらずにとろりとした目元が艶《なま》めかしくて、見つめられると胸の奥が騒ぐ。

誘われているのかと思ったが、佐和紀はしきりと酒を欲しがっている。単なる泥酔だ。冷蔵庫からミネラルウォーターを取ってきてグラスに注ぐと、佐和紀はくちびるをつんと尖《とが》らせた。不満げに睨まれる。

「なんで？　ワインがいい。いいったら、いいんだよ」

「わかったから、水も飲め」

「やだ。……じゃあ、口でしてやるから。そしたら、もう一本。ね？」

急に目の焦点が合い、佐和紀はグビグビと水を飲んだ。すくりと立ったのはいいが、グラスを置こうとしたところにテーブルはない。周平は慌ててグラスを摑《つか》んだ。

「さっき、しなかったもんな」

ふらつきながら、周平のバスローブにしがみついてくる。腰を抱いて支えると、首筋にがぶっと食らいつかれた。歯を軽く当てるだけの甘嚙《あまが》みだ。

「おまえ、どこでもそんな……」

「んなわけないだろ。なんで俺がしゃぶってやんなきゃなんねーんだよ。惚れてる相手じゃなきゃ、こんなもん、口に入れねぇし。な？　舐めてやるから、ベッド行こう。な？」

ぐいぐい押されて、周平はしかたなく後ずさった。揉み合いになれば、もっと意地になるだろう。かといって、こんな泥酔状態でフェラチオをさせるつもりもなかった。

記憶がわずかにでも残っていたら、責められるのは受け入れた周平の方だ。それで機嫌を悪くされるのは損だ。どんなに気持ちのいいフェラチオでも、釣り合いが取れない。

「だいじょうぶ、だいじょうぶ。噛まないから。ほんとらよ。じゅうじゅに、できる……」

「話せてない」

ベッドに押し倒され、のしかかられる。またがった体勢で見下ろされると、思わず股間《こかん》が反応した。

当たり前だ。毎日だって抱きたいほど焦がれている。本当なら、泥酔につけ込んで、あんなこともこんなことも、してしまいたい。

「あー、おっとこまえな顔してるー。やーらし。しゅうへいはぁ、なんかもう、やらしい」

自分の言動に責任を持つ気のない佐和紀は、だらしなくニヤニヤと笑う。鼻歌混じりに周平のバスローブの紐《ひも》をほどいた。

「佐和紀。ダメだ。……おまえは酔ってる」

「だから？　していいよ。して？　ね？　しよ？」

いたずらにキスを繰り返され、指先で頬をなぞられる。こんな大人びた仕草ができたのかと思うほど、色気たっぷりの動きだ。周平はたまらずにうなじを掴み寄せた。かぶりつくようにキスをして、上下を入れ替える。

佐和紀を組み敷き、ローブの紐をほどいた。そのまま手を突っ込んで、裸の腰を撫でる。

「んっ……。だめ、だ。俺が……舐めるから。俺が」

「俺がする」

そう言いながら、周平は二人の眼鏡《めがね》を安全圏へ投げ捨てる。テーブルの足にぶつかって落ちる音がした。

「たっぷり舐めてやるから。佐和紀……」

両手の親指で乳首を撫でさすり、吸いついて舌を這《は》わせる。酔った佐和紀はあっさりと陥落して、のけぞった。

「あっ、あっ……」

身体がビクビクと震え、足が柔らかく開いていく。周平はその先に指を這わせた。

「佐和紀。あいつらとはどんなことをした。ここも触られたか。ここは？　なぁ、佐和紀」

「あっ、ん……な、に……聞こえな……あっ、ん」

わざと聞こえないようにささやいているのだ。聞かせられるようなことじゃない。単なるヤキモチだ。指を貸しただけだと知っていて、いじめたくなる。

「ん、ん……そこ……そこ」

甘い声をひっきりなしにあげる佐和紀の腰が揺れる。周平がくすぐっているのは、引き締まったヒップの間にあるくぼみだ。

「あっ……あんっ」

悶《もだ》えるような仕草を見せられ、周平の心は激しくたぎった。嫉妬心さえ吹っ飛び、佐和紀の身体を反転させる。

ベッドを下りて身をかがめ、引きずり寄せた佐和紀のヒップをぐいと開いた。

「だ、ダメ……っ、ひ、やっ……ぁ」

逃げようとするのを追いかけるように顔を押しつけ、舌を這わせる。ねろりと舐めると、佐和紀は動きを止めた。

「あ、あっ……」

「おまえは酔ってるんだよ、佐和紀。だから、気にしないで声を出してくれ」

「や、や……。だって、そこ……あ、あん……や」

酔っているせいで、自分の声が自覚できないのだろう。甘く蕩《とろ》けるように喘《あえ》ぎ、腰を揺する。ぎゅっと締まったくぼみは、舌を這わせるたびにひくひくと動き、やがてぬらぬらと濡《ぬ》れて、ふっくらとほどけた。

「ん……ん、あ……」

「いやらしい気分だろ？　俺だっておまえ以外にこんなことしてない」

「……うそ」

「本当だ。男の俺が、男のケツにむしゃぶりつくと思うのか。おまえだからだ」

「ん……んっ」

うずくまる体勢で腰を突き出した佐和紀は、バスローブを摑んで打ち震えた。肌は紅潮して汗ばみ、太ももの間からはまだ頼りないモノが見えた。酔いすぎていて、半勃《はんだ》ちのままだったが、激しく興奮していることはわかった。透明ジェルのような先走りが溢《あふ》れている。

そこには触れず、周平は舌を尖らせた。ほどけたくぼみへと押しつける。

「ふぁ……ぁ。やっ……だめ、入って、る……」

ぬくぬくと入り口をさすると、佐和紀はぶるぶると震えた。

「そんな、とこ……したら……だめ。……だめ……あっ。あっ……」

拒んでいるのか、求めているのか。

腰はしきりと揺れ、周平はわざと舌をうごめかせた。また少し、差し入れる。

「……ぁ。や、だ……っ、やだ……っ、あ、あっ」

そこを舐められて気持ちよくなってしまうことがこわいのだろう。喘ぐ息づかいが乱れ、涙声になる。

「うっ、く……ん……」

もう長いことしていない行為だが、どうすれば気持ちよくなるかは経験で知っている。佐和紀の快感のスイッチを探し、周平は舌を出し入れした。同時に股間へ手を伸ばすと、佐和紀はひときわ大きく泣き声をあげた。

「だめぇ……、だ、め……ッ」

握りしめてしごくと、声はいっそう嫌がる。

「やだ、やだ……舐める、だけ、で……いぃ……。ん、ん。いた、いから……痛いから……」

佐和紀のそこは敏感だ。こすられることに弱く、快感を覚えるに至らない。

「わかった。こうしよう」

慰めるように優しく言って、周平は先端を摑んだ。手のひらで撫でるようにすると、佐和紀はしくしくと泣く。

「まだ痛いか……」

「……たく、ない……」

「きもちいい？　こっちは？」

濡れそぼった場所をペロリと舐める。

「やだ……やっ……」

声色の甘さで感じていることがわかり、周平は遠慮なく舌先を埋めた。

「あっ。あっ。やだ……そんなとこ、で……や、だ」

「いいんだよ。どこでだって気持ちよくなれば……。俺のために、覚えような。ゆっくりと」

「……ぜん、ぜん……ゆっく、じゃ、な……ぅ、んっ。あ、あっ、あー……っ」

舌先をねじ込み、内壁を濡らす。佐和紀の腰は前後左右に悶え、周平はたぎる欲情を心の内で味わった。挿入はしない。それでも、佐和紀との交歓は最高だと思えた。

酔っているとはいえ、敏感な佐和紀には、快楽を受け止める素質がある。

周平の欲望をすべて受け入れ、そして叶《かな》える、淫欲の才だ。

身体の相性だけなら、佐和紀のような人間と巡り合うことは難しくない。だけど、心が求め愛し合いたいと願うに至ることは難しい。周平のような人間は特に。

もう恋はしないと思っていた。焦がれるほど抱きたい相手が現れるとも信じていなかった。

それはきっと、山吹の中に投げられた、2カラットのダイヤを探すよりも困難だ。アタリをつけて探しても、きっと見つからない。

だから、このためだけに幸運を見逃してきたのなら、これまでの不幸も甘いと周平は思う。使わずに貯まった幸運はすべて、佐和紀に差し出してかまわなかった。

あとがき

こんにちは。高月紅葉です。

『仁義なき嫁』シリーズの第二巻・新妻編も無事に文庫化となりました。応援してくださっている皆さんの『みかじめ料』のおかげです。いつも、本当にありがとうございます。

第一巻の文庫化に合わせて、新たにシリーズ読者となってくださった方も多く、嬉しい限りです。感想などをいただきまして、ありがとうございました。

今回も大幅改稿はしなかったのですが、読み直しをして、佐和紀の初々しさというか、視野の狭さというか、いろいろと感慨深かったです。

特に、この巻はなにも見えていないですね。佐和紀は精神年齢が想像を超えて低いので、この頃はまだ思春期を過ぎたぐらいの感じかも知れません。

周平は手加減をしながら、どんな人間関係を作っていこうかと思案している状態ですが、思った以上に佐和紀の内面が幼稚すぎて驚いてます……。

そういう意味では、ユウキとは真逆ですね。ユウキは、外見が思春期で、中身は大人。佐和紀は外見が大人で、中身が思春期。

それはそうと、このふたりの名前。付けたときは、漢字とカタカナなので疑問を抱かなかったのですが、語感が一緒ですね。最後に「キ」の付く名前のブームだったのかも知れません。あと、岡崎と岡村も似ているんですが、岡村は本当に脇役で終わるつもりだったので、なにも考えていなくて……不便です。

ユウキのその後と新しい恋については「春売り花嫁とやさしい涙」「春売り花嫁といつかの魔法」で書いています。かわいいタイトルをつけましたが、ゴリゴリに悲惨なユウキの過去が明らかになります。

佐和紀と周平も出ていますので、よろしければお読みください。

末尾になりましたが、発行に関わってくださった方々と、読んでくださっているあなたの善意ある『みかじめ料』に心からお礼を申し上げます。

また次回、お会いできますように。

高月紅葉

＊仁義なき嫁　新妻編：電子書籍『仁義なき嫁　新妻編』に加筆修正
＊旦那の都合：アズ・ノベルズ『仁義なき嫁　新妻編』所収
＊ばら色のジェラシー：書き下ろし

ラルーナ文庫

この本を読んでのご意見・ご感想・ファンレターなどお待ちしております。〒111-0036 東京都台東区松が谷1-4-6-303 株式会社シーラボ「ラルーナ文庫編集部」気付でお送りください。

仁《じん》義《ぎ》なき嫁《よめ》　新妻《にいづま》編《へん》

2019年2月7日　第1刷発行

著　　者｜高月《こうづき》 紅葉《もみじ》

装丁・DTP｜萩原 七唱

発 行 人｜曺 仁警

発 行 所｜株式会社 シーラボ
〒111-0036　東京都台東区松が谷 1-4-6-303
電話　03-5830-3474／FAX　03-5830-3574
http://lalunabunko.com

発　　売｜株式会社 三交社
〒110-0016　東京都台東区台東 4-20-9　大仙柴田ビル 2 階
電話　03-5826-4424／FAX　03-5826-4425

印刷・製本｜中央精版印刷株式会社

　ISBN978-4-8155-3205-5